# 花开无声

杨龙江 著

河南文艺出版社
·郑州·

**图书在版编目(CIP)数据**

花开无声/杨龙江著. —郑州:河南文艺出版社,
2016.10(2019.9 重印)

(艺文百家书系)

ISBN 978-7-5559-0453-3

Ⅰ.①花…　Ⅱ.①杨…　Ⅲ.①散文集-中国-当代

Ⅳ.①I267

中国版本图书馆 CIP 数据核字(2016)第 246154 号

---

出版发行　河南文艺出版社
本社地址　郑州市郑东新区祥盛街 27 号 C 座 5 楼
邮政编码　450018
承印单位　三河市兴国印务有限公司
经销单位　新华书店
开　　本　700 毫米×1000 毫米　1/16
印　　张　15
字　　数　184 000
版　　次　2016 年 10 月第 1 版
印　　次　2019 年 9 月第 2 次印刷
定　　价　32.00 元

# 目录

雁过留影

月照莲蓬

香满小径

# 序：走心的写作

王洪应

　　杨龙江勤学敏思，笔耕不辍，在现实生活里撷取许多有养分的素材，精心提炼，写出了这两本散文集——《心随花开》和《花开无声》。我读他的文章，看到了"走心的"散文书写，不仅文采斐然，而且从真情实感发端，真诚对待社会，能实实在在地让人受益。

　　"生命既然总长有限，那么就必然追求质量灿烂，要以有意义的生活品质来平衡生命的短暂与无奈"，用杨龙江自己说的话来推断他写散文的初衷和目的，应该不会太离谱。要活出生命的品质，那就要给自己充分自由，有爱便去爱，有梦就逐梦。同时，也要严于律己，敢于担当一个男子汉的社会责任。两本集子里的美文，正是他追求生活高品质的佐证。

　　我们正处在民族上升时期，生活节奏加快，前行的步履更要扎实。重要的是，要头脑清醒，不能走着走着就把自己的精神走丢了。否则，如果是一个民族，那将会危及凝聚力和生命；如果是个人，即便财富堆积如山，生活也不可能有高质量。杨龙江的散文，有精神、有灵魂，属于能给人善意提醒，或与人共勉的文化写作。他的题材选择很接地气，经他从容地娓娓道来，有些篇什竟产生了醒世、警世的作用，充分体现了他散文的价值。一个在一家基层企业谋生活的普通人，如果说他有写作的自觉，不如说是一种文化的自觉、精神的自觉，或者说是一种生命的自觉。身负沉重的工作压力，能潜心文学创作，其实是很难做到的。既要做好自己的那份工作，又要避开名利的诱惑、浮躁的包围、俗事的干扰，同时，还要有甘于寂寞的淡泊心境。他当然知道，不断探索创作的人生，和得过且过慵懒无为的人生，质量截然不同。《左传·襄公二十四年》中，我们的先人曾有"三立"之言："太上有立德，其次有立功，其次有立言。虽久不废，此之谓不朽。"强调的无非是做事与做人两端，这是古代知识分子对人生追求的最高境界，龙江又何尝不是如此？

我们知道，人类灵魂工程师的称号固然可敬，但一个作家能创作出对社会有益的作品却不容易。不少中华文人，人品、文品相为表里，不改初衷，不求闻达，不惊荣辱，用自己的作品为人们输送精神食粮，或给人们以道德的滋养，或给人们以灵魂的提醒。也有不少人，在这条道上挤挤扛扛、跌跌撞撞，成者名、败者颓，例子举不胜举。"名利场"里难免有沽名钓誉者和附庸风雅之徒。有些人有权，到外国或国内某某名胜风景点周游一圈，就有了炫耀文采的"原创作品"，刊物上发的到处都是；有些人把自己那些并没有多少审美价值的东西编辑成书，上市发行；甚至出于无奈，纳税人竟然还得养着没有作品或作品格调不高的"专业作家"。当今互联网上信息爆炸，也出了不少怪事，上网看看，会发现不少"哲学家""文化学者"，不知道他们自己的生活质量如何，却不停地在那里侃侃而谈，且言之凿凿，教人们该怎样生活、如何做人云云，弄得人们无所适从。像街边灰头土脸坐摊的算命人，既然能推演命运，何必还干如此不堪的营生？窃以为，不论是纯文学还是通俗文学,其间都乱象丛生,很有必要清理风气,祛除病态,清扫垃圾。

荣格在《论诗人》中说,作家是一个相互牵制的悟性的双元体或综合体。他一方面是经历着人生的个人,另一方面是非个人的创造性的程序。从事文学创作的人,无非是向社会叙述人的精神经验。你得承认,浪漫文学并不是镜子里的自己。龙江的散文并不只是写给自己看的,那其实是一种社会责任使然。之所以这个有大学学历,又读了不少书的人,还能扎扎实实、稳稳当当地站在地上,不刻意唱引人注意的高调,盖因为此。看得出,他写得尽心尽力。先用一个成熟男人的眼光去观察,而后再用心去体验,去品味,去感受。有了感觉之后,才稳健地诉说,诚恳地言讲。那些热情的奔腾、睿智的发现、执着的坚持和多情的眼泪,充满了他散文的字里行间。正因为作家的人格品行和作品有直接关系,他的文章让人自然地感到"博观约取,厚积薄发"的强大。我们知道,所有文学作品都作用于人的精神,每个作家的每一篇文章,只要被人读了,就会对那个人有浸染。这种浸染是精神文化的或者说就是灵魂上的。现在,有些人处在市场经济、商品社会里,已经只认钞票不知道北了,这实在是民族的悲哀。越是民族迅速上升时期,越少不了行吟的歌者。特别是在民族精神文化有所缺失的时候,作家就更应该自觉地为社会输送精神的正能量,让人们灵魂饱满、器宇轩昂地往前走。应该说,龙江就是个率先垂范的"以文化人"的散文家。

龙江的散文是很有味道的,正因了他"走心的"写作,他的文章就耐读。不妨举些例证,和读者共同探讨。他在《花开无声》中平心静气地述说:"花在自然而然地开放,草在按照自己的心思生长,树木默默无闻地长成参天栋梁。一切生命,都悄无声息,蓬蓬勃勃,顽强而坚定,朝着茁壮和茂盛不断地生长。"看得出,他对自然和生活是多么热爱，不难想象，这样的人一定会积极地对待生活。通过身边的凡人小事，他能讲出许多为人的道理，比如"谦让是最高的尊贵，低头是最靓的修养"等，这些话又多么有哲学意味！似乎我们的先人也曾说过类似的话，但龙江是从现实生活里总结出来的，他不是有意去教训人的，读者会愿意领会，品味后会感到自然且又受用。一个风筝，他能联系到家乡、人生进而产生乡愁。经过了困难时期，他还会发出慨叹："健康地活着，是最大的幸福!"(《这个世界不能待得太久》)告诉人们要好好活着。我以为，他的散文形成了一种力量，无疑，他的"精神经验"便是感动人心的艺术穿透力！

在《霾终将吃掉我们》和《黄河在无声地哭泣》两篇文章里，他写出了在现实社会中，人人都需要面对雾霾的危害，他替同类引吭高声发问："如果连自由呼吸都成为一种奢望的话，那么我们的城市建得再美也是徒有华丽的外表，我们的经济社会发展得再好又有什么实际意义?""母亲河在流泪，溪流中浑浊的水，是否就是母亲河伤心的眼泪?"面对无序发展带来的环境变化，失去了生存环境的安全和美好，使得他很痛心，作为一个文人，这种叩问便是无奈中的担当，这种叩问不就是沉重的醒世质询吗?

他具有很强的文字功夫，散文的笔法畅达而且老到。比如，很多人都曾写到春天，龙江在《深山古刹读书声》中是这样写春天的："春天到了，迎春花接受了蜡梅的盛情邀约，捧着透入骨髓的梅花冷香，轻轻的一声呼唤，刹那之间，花仙们争先恐后，不再静候积雪完全消融，梨花、樱花、杏花、桃花、玉兰花，将春天的大地一夜之间装点得美不胜收。最恣意汪洋的还是那大片大片的油菜花，金黄铺地，异香扑鼻，引来早春辛勤的蜜蜂，上下翩翩起舞，兴奋地传递着温暖馨香的春消息。"百花园中姹紫嫣红争奇斗艳，简直是美不胜收，他把春天写得何等浪漫！

好文章是人精神的良药,可励志,可怡情,可提神。谁读了,都会受益。龙江的这些作品自然会有人评论,而且时间也会给予最公允的评价。他尽力了,至于如何评价,那是别人的事和后人的事,文章就在那里,无须更多表白。他的作品之于他,正如孩子之于母亲,其成长速度最后一定会超过他。好文章不是个人的,特别是通过媒介传播到社会的文章,会滋养每个人,打动每个人。作为民族重要的精神财富,他的作品也必然会永留人间,滋润后人。

马克思说:"社会的进步就是人类对美的追求的结晶。"美的精神和美的理想,是引导我们前进的灯火。不过,现实很严酷,完美的事物是没有的,做人、做事、为文,都不可能达到完美的境界。其可贵在于对完美的不懈追求,如果说有完美,那完美就在对完美追求的过程中。天很高,路很长,梦很美,龙江继续坚实地追求,不停地写下去,丰收是必然的,未来无可限量。

2015 年 12 月 1 日

(王洪应,河南省文联原副主席、河南省文学艺术评论学会名誉主席)

花开无声

绝壁悬崖，

蜡梅花，

与朔风私语，

说千年情话，

寂然地绽放，

用万世的痴情，

拥雪做永恒的新娘。


暗香悠悠，

见证着顽强的生长，

没有浪漫的缠绵，

只一个眼神，

便已感动深深。

# 花开无声

花为谁开又为谁谢？花为谁香又为谁淡？含苞的、盛开的、飘落的，最终的结局都同样温馨浪漫，化作春泥更护花。

花开无声，似禅语，其实就是一种修行的大境界，万事万物像花开花落一样自然发生，不以物喜，不以己悲。

如昆仑高山之巅的雪莲花，她不会因为自生自灭没有一个人欣赏而不再开放；如深山老林悬崖峭壁上生长的灵芝草，更不会因为等不到仙人的采摘就放慢了生长的脚步。

花在自然而然地开放，草在按照自己的心思生长，树木默默无闻地长成参天栋梁。一切生命，都悄无声息，蓬蓬勃勃，顽强而坚定，朝着茁壮和茂盛不断地生长。

人生亦如此，不管春夏还是秋冬，不论坎坷还是顺风，生命不息，折腾不止。奋进的脚步，歪歪扭扭，无声无息，总归要坚定地走向充满希望的明天。

生命是一场孤独的旅行，见证终生的只是降临人间时的啼哭和魂归天堂时亲人的泪别。

看看人的一生，有几个人能够始终相陪相伴？自己的父母，相伴时间最长，不离不弃，直至有一天把子女养大成人，分户而立；其次是自己的爱人，从成亲之时，直至终老，没有血缘关系，反而相依为命，酸甜苦辣，风雨同舟，一路走来，要陪伴五六十年之久，占到生命长度的七成左右；再则是子女；然后是人生旅途中形形色色的过客，或长或短，或萍水相逢、泛泛而交，或是长期的伙伴、终生的朋友。

有个形象的比喻十分恰切：人的一生，正如乘火车旅行，有的乘客同你一起上车，同你一起下车。而中途上下车的人，只是风雨同舟了一程。前者就是你的父母、孩子或者爱人，后者就是兄弟、姐妹、同事、朋友，以及人生中因各种机缘巧合打过交道有过交集的人，不同类型的人都要与你有一段错综复杂的利益关系或者说不清道不明的感情交融。

如此看来，貌似繁花似锦的人生，其实却十分凄美而孤独。伴随着母亲十月怀胎的辛苦，一朝分娩落地，哭声响起报了母子平安，也就是三五个家人喜极而狂。然后就是漫长而又短暂的一生，求学，工作，结婚，生子，老去，一生痛苦不堪，磨难不断，历尽千难万险，好不容易到了人生的终老，寿终正寝，又只是几个家人至亲或真情或假意地一阵哭别。人生就是这样，花刚刚开放，马上就悄无声息地谢幕。

人生似乎有点悲观，其实成长的过程也趣味无限。生命这场悄无声息的生长，从牙牙学语、蹒跚而行，到拄杖挪步、身卧病榻，虽然只是短暂的一生，但每个人都完成了华丽的成长过程。

曾经在出租车上听司机师傅对艰难的人生吐槽：有福的人下辈子托生成个鬼该多好，最不济也要托生成一块石头。这是种消极的态度，当然不可取，他把人生中有意义的东西完全屏蔽掉了。

常用"弹指一挥间"来形容岁月的流逝，不论人在生命的哪个阶段，回头看峰峦叠嶂，总会感慨万千，不知不觉之间，人生最美好的岁月已过去了一截又一截。

当你长大成人，你会感叹青春岁月的易逝；当你到了而立之年，你会感到寸功未立，韶华之年已然不再；当你的孩子都上了大学、参加了工作，你可能会感到生命旅途的急促；当你两鬓已染霜、步伐已蹒跚，你会暗中吃惊，我的人生到底干了点什么？即将终老、快要退出历史舞台的时候，人生是不是留下了太多的遗憾？自己怎么从懵懂少年走过了最美好的青春时光，又怎么从最为辉煌的中年一步步走入了老态龙钟的行列？

生命是场鲜花的盛大绽放，无意褒贬，无意评判，自然暗自芬芳。生命更是一曲赞歌，是场可歌可泣的漫长修行。

花开无声在生命的空间里。人活着，是为了得到别人的认可和喝彩，是为了自身价值的释放和人生目的的实现，这些都毋庸置疑是人生前进的动力。但人活着，还有最基本的东西，那就是首先要生活，而生活却容不得你讨价还价，在满足衣食住行的过程中，需要摧眉折腰向生活低头屈服，正所谓今天的低头是为了明天的抬头挺胸，今天付出的每一分努力都是将来减少窘迫和困境的必备基础。梅花的傲然开放，必须有严寒的磨砺和冰雪的考验。

花开无声在时空的摇曳间。万丈红尘，茫茫人海，凭什么你就能出类拔萃，与众不同？凭什么同样的条件同等的付出，我就如一片微不足道的小草淹没在万顷森林之中？其实，这个世界非常公平，大树可为栋梁当承十分之重，小草奉献寸绿生活却怡然自得；大树遮阴蔽日须经风雨洗礼，小草貌不惊人自得大树庇护；大树顶天立地虽得众人称颂，小草匍匐尘埃受车轧脚踩而生命不息……很艳的花往往不香，淡淡的花却香味悠远；罂粟花虽然美艳，其果实却能于无形之中取人性命；牡丹花雍容华贵，但花期却只有短短的十几天。世界总是公平的，花开花落悄无声息，每朵花都有其盛开的最美瞬间。

花开无声在喧嚣的人海中。社会群体中总有高大上的少数人，这些人非常成功,不仅是世俗意义上的成功,而真正是某个方面某个领域的执牛耳者,如中国当代的马云、马化腾、王石、冯仑、张瑞敏、任正非、柳传志、史玉柱、莫言、陈忠实、袁隆平。官场则更为热闹、纷乱,上自将相下至村官,一路路人马,你方唱罢我登场,好不威武光鲜。再看我们周边的精英、单位的翘楚,但凡有一点点资格可以称作"人物"的,哪一个不是威风八面,呼风唤雨,本事了得,但一旦离开了那个位置,恐怕连句囫囵的话儿也说不圆了,很快就原形毕露!正所谓在位时威风八面,下台来无人问津;台上时无所不能,落地时无处生根;当得官老爷前后捧场,退出江湖后门可罗雀!

花儿就这样开在风中,悄无声息,见证着世态的冷暖,笑看着人性的两面!一个时不时制造些小动静者,其心理必极度自卑与脆弱,生怕别人忘记了他的存在,唯恐别人不知道他手中还握有一点儿可怜兮兮的权力!而真正的"太上,不知有之"方才印证了浅溪喧哗、深水静流的境界。

花开无声在人生自觉的升华中。晋武帝问胡威:"你和你父亲相比,谁更清廉?"胡威答道:"我不如我父亲。"晋武帝又问:"为什么?"胡威回答说:"我父亲清廉不愿意让人知道,我是恐怕别人不知道,所以我比我父亲差远了!"做了好事唯恐别人不知道,满世界宣传的,还是功利之心占了上风;总是习惯性地做好事善事,把做好事当成应尽义务的才是人生升华到较高境界的人。还是那句老话:芷兰生于深林,非因无人而不芳;君子修道立德,不因穷困而改节。花开无声胜有声,雁过留声人过留名,人在成长的过程中,会伴随着一路鲜花、阳光、鸟鸣或者掌声。

花开了,又谢了;花红了,又萎了;花香了,又淡了。花开花谢悄无声息,淹没在万丈红尘,只有脚下的泥土,默默见证着璀璨的生命历程。

花开自芬芳，无声也风流。平凡的一生或许也是很有意义的一生，不在于你位居多高，无关乎你财富几何，不论你名声多大，不问你血统高低，只看你身前做过哪些大事小情，又为后人留下了什么有价值的财富，这便足矣。某些机缘或许能让你短暂扬名，或三年五载还会被人记起，或很快就被历史的大浪湮没，好像这个人就没有来过这个世界一样。每个人都像一朵花，曾经开过，曾经灿烂，但很快就凋零，任谁也脱不了这样的宿命。

花开无声，让我们在这种美好的开放中体会人生况味。

2015 年 5 月 23 日

# 风筝飘

放风筝的理想状态是放得高、飞得
飘、控得住、收得回。人生的高境界是
要守住道德、良知、法度和敬畏的底线，
不论飞得高低，一定要平安着陆，还须
身后留清名。

正月初一，天气晴朗，气温适宜。为了不负这美好春光，我也尝试一下登高望远喜迎新年。

踏上一条熟悉的山路。走这条线路，一个小时左右的运动量恰到好处，既可以登高望远愉悦身心，又可以体会道法自然的思想精髓，平时工作生活之余，我偏好走这条登山道路。

刚到山脚，就被天空中高高飘浮的两只风筝吸引了目光！抬头望去，高高的空中，两只小鸟一样的风筝一动不动，像两个黑点，时而离得很近，真如一对热恋中的情侣在含情脉脉地做着一种有趣的游戏，时而轻轻地接吻，时而又顽皮地推开对方，似乎要躲开对方火一样燃烧的激情，总是保持若即若离。

到了半山腰，距离近了，观察得更清楚，两只风筝更清晰，但更让人惊讶：两个黑点变得像巴掌大，在天空中死死地定着，如同静止了一样。是谁这么高的水平，能让风筝稳稳地定在空中？

心中的疑问也越来越大。随着位置越来越高，我已经超过了风筝飘浮的高度,我瞪大双眼,仔细地研究着这对风筝的奇怪之处:到底是谁在牵着风筝的引线?满山坡尽是松林,似乎没有平坦的适于放飞风筝之地呀!

登上山顶俯瞰,我才发现,是近视的双眼欺骗了我,原来是两只鸟儿,一直在这片天空盘旋。这究竟是一种什么鸟呢,会长时间悬浮在空中,好像定在空中一样,要不也不会具有这么强的欺骗性。

让一对飞鸟给骗了!我在感叹,其实还是让自己的心给骗了。

高高飞翔的鸟儿分明就是人心中的风筝,放飞空中的风筝,则又是我们一种情绪的波动。

还是回到现实中,春季到来,户外活动极盛,而最热闹好看的还是郊外开阔之地的风筝大会。

人声鼎沸,老少云集,更多的喧哗还是来自一群群少年。一个人将风筝高举过头顶,另一个在努力地奔跑,风筝升起、落下,少年们尖叫、叹气,再次奔跑启动。天空中更是绚烂多姿,不同图案、不同大小、不同种类的风筝,错落有致地将春天的天空装点得五彩缤纷、姹紫嫣红。

扬州八怪之一的郑板桥在《怀潍县》中写道:"纸花如雪满天飞,娇女秋千打四围。五色罗裙风摆动,好将蝴蝶斗春归。"这应该是描写风筝之乡潍坊风筝大会的盛况吧!

有的风筝飞得高极了,保守说也在三百米以上,用放风筝人的行话讲,六两线(长约600米)已经用完。风筝的大小决定着线的粗细,有的风筝是巨无霸,线号粗,那种尼龙线可以承受上百斤的拉力。放那种大型风筝,不仅要专业人士、专业队伍,更离不开极开阔的场地,否则,一般人看着就发怵。风筝展开足足有几十米长(吉尼斯世界纪录最长风筝六千米),试想,三两个人,不受专业训练,没有放飞技巧,说什么也是枉然。

　　这种飞得极高的风筝，自由自在，不仔细分辨简直就看不到，有时就是一个黑点；反观操控的人，却气定神闲，时不时轻轻地拉一拉怀中的操线盘，毫不费力，甚至看也不看风筝在什么位置、飞翔的姿势如何、是否可能与其他风筝冲突，完全凭手感和经验轻松自若地牵着那根细细的线。

　　最普通的还是小型风筝，形状像飞鸟，大小约一平方米，线长百十来米。放飞场中以小学生居多，只有两成左右的成年人。单独操作的成年人一般应该是风筝爱好者，大部分的成年人都是在陪孩子玩乐。

　　更多的风筝是在低空飘着，距地面有三五十米，操作起来有一定难度，必须时刻提防着不能与其他风筝"撞车"，还要时不时地收线放线，以适应风力、风向的变化，否则随时可能出现意外。

　　那些还没有放起来的风筝，在十多米高的低空，很痛苦很无奈地挣扎着，稍微操作不当，或者有一阵不合时宜的风吹过，就会一头栽向地面，无奈地宣告一次飞行的失败。

　　高高地放飞空中，是满满的一腔成就感，惹来让人羡慕的目光；成功地放起来了，自己可以十分自豪，任意操控，让思绪随风筝自由飞翔；一旦与其他风筝"撞了车"、纠缠在一起，要想尽一切办法化解危机，若费尽周折化险为夷，也可欢呼雀跃暗自庆幸，若一旦失败，难免有些遗憾，或许也会久久地自责。

　　最有趣的还是放飞的过程，飞不起来的时候，沮丧无奈，一次次地重复，暗下决心一定要放起来；放飞成功了，想让它飞得更高，飞得更漂亮，直到广场上没有第二只风筝在飞，没有一个观众在观看喝彩，才依依不舍地收兵。其实，青春年少时期放风筝，一是爱好，更主要是一种争强好胜，是一种自我表现的欲望，就是在放给别人看，同时也放给自信的自己。

　　人过中年，看清了很多高高低低、沉沉浮浮，才开始能以一种更平和的心态去观察这个丰富多彩的世界。

风筝飞得越高,操控起来越容易。只是在起飞离地的时候,危机四伏,困难重重。

人的一生,神似风筝放飞的过程。

有的人,一生没有离开过故土,是受了乡土这根风筝线束缚,一生一世没有遇到过合适的风,在低空盘旋,围绕着故土过着平凡的人生。

有的人,飞得很高很远,但风筝线松紧有度,最终平安着陆;也有极少数的人,飞越了高山大海,或以大海为家,最终不知飞到了何方。

只是,普通人都有对家乡的牵挂,不论飞到哪里,不论飞了多远,总有那根故土的风筝线将其与家乡紧紧相连!

而这根故土的风筝线其实就是道德、良知、法度和敬畏的底线,只要不破坏、不突破底线,每个人都可以自由平安。

新的一年,愿每只飘飞的风筝,都能在属于自己的那片天空里幸福地徜徉!

2015 年 2 月 20 日

# 野枣花

> 荒山野岭,沟沟坎坎,野枣树出身贫寒。如同草根大众,经受着风雨,匍匐着前行,历经着磨炼,终有一天,也会实现梦想,展露灿烂的笑脸。

深秋的时候,妻总深爱一种不起眼的野生水果。说她是水果似有抬举之意。

这种水果其貌不扬,青褐相衬、红紫相间,个头不大,只有小号花生米那样大小。

每看到妻对她情有独钟的样子,我都会略带讥讽,暗含不屑:什么宝贝,夺了你的魂似的?

其实,我心里最清楚不过了。我早就知道,这只是一种最普通的野果,生长在荒山野岭、沟沟坎坎,少有人问津,是一种叫酸枣或山枣的野枣。

她皮薄肉少核大,没有多少食用价值,只是吃在口中,酸酸的略带一丝甜味,大多数人特别是男人一般对之嗤之以鼻。我也一样,自打小时候就对其没有好印象,多少次与调皮的小伙伴们费尽力气采摘了不少,很多时候还弄得浑身是伤,吃起来却毫无大快朵颐的感觉,大部分果实都让我们当成了玩具,当成了双方打仗的子弹,或者玩到最后毫不可惜地丢弃,也就难怪我会对其略带不屑了!

但这丝毫也改变不了妻的喜爱,虽然妻同我一样,来自同一地域的农村,生活习惯没有差异,但在这一点上,有可能就不是乡情民俗的不同,而是男人和女人本身喜好的差别了。

秋季到来的时候,妻总要我同她一道,上山或到郊外寻找、采摘野山枣。

其实,采摘的过程趣味横生而有意义。妻兴致很高,总不畏艰险。我总是在一旁观战指点:一定要注意安全,别到太危险的地方;采的已经够多了,要适可而止,能吃得了几颗? 最佳的选择,我干脆置之不理,找一处僻静之所,或听音乐或捧一本闲书,自得其乐,耐心地等待。

直到妻也筋疲力尽,或者说,妻摘得足够多了,我们才快乐地收兵。而妻除了收获了很多快乐外,还有最重要的两项收获,一是摘了一大堆的野山枣,二是手上身上被树枝树刺剐伤、扎伤、擦伤了多处,虽都是轻微的皮肤小伤,但也可用"遍体鳞伤"来稍作夸张地形容。而妻总是乐此不疲!

小小的一种野果,为何会有如此魔力? 我陡然对其产生了浓厚的兴趣,到底她有着怎样神秘莫测的前世,才修来如此独具魅力的今生?

开春以后,我就带着这样一个疑问,数十次近距离地走近这种植物,我还真发现了一个秘密,那就是山枣果的前世,的确是一种与众不同独具风格的野枣花。

这也算花吗? 实在太微不足道了,我在心中暗自质疑。

节令刚过清明,我就发现这种普通的山枣树成片成片生发得十分旺盛,像极了那种灌木丛,生长在悬崖边上,生长在荒无人烟的地方。

而这种不起眼的植物,奇妙之处恰恰是她的花朵。在每片叶子的叶柄处,细密地顽强地生长着一朵朵小花,是那种浅绿色透着金黄色的小花,仅如小米粒般大小,既没有娇艳的容貌,也没有明显的花香,一簇有二到五个花蕾，自每根枝条的根部到顶部，十几朵花像极了兄弟姐妹，个头一个比一个稍小一点，与俄罗斯套娃如出一辙，根部的弟兄几个已经开花，枝条顶部的刚能看出花蕾的雏形，就这样，每一片叶子的叶柄处都毫不例外，生着一组不起眼的小枣花。

野枣花另一出奇之处在于她特别长的花期。五月份全面开花，七月份开始挂果，花反而开得更为茂盛。底部的枝条已经硕果累累，而顶端的枝条方繁花似锦，最顶端的地方还在不断地孕育着花蕾，随着枝条的生长，花蕾也在不断地生长，这样就形成了万马奔腾的奇观，当然不是为了与果实争宠，而是为了枣树能有个更好的收成。就这样，八月、九月，野枣树到了收获的季节，人们在收获丰收果实的时候，还能欣赏到星星点点的枣花开放。在这一点上，野枣树可以与石榴树相媲美，开的花虽没有石榴花火焰般浓烈美丽，但要比石榴树花期长很多。这也是我至今发现的木本果树中花期最长的一种了，和杏树、梨树、桃树、苹果树、樱桃树甚至核桃树等都大不一样，这些果树都是一夜之间一树繁花，然后突然之间落英缤纷，取而代之的是一树果实；野枣树和蔬菜类的丝瓜、番茄、茄子、辣椒、豆角倒有些相似。

野枣花的香味很淡很淡，即使你凑得很近，也难以闻得很清晰，是那种淡淡的清雅的草香，似泛着一丝甜甜的味道，但又不确切。总有一种似花非花、似有又无的感觉，总是让人捕捉不到而又心有不甘，明明有这么密的花朵，明明成群的蜜蜂在辛勤地采着花蜜，可为什么我如此认真却丝毫感觉不到花香呢？

养蜂的老者说，最好的蜂蜜是枣花蜜。

具体好在什么地方，我没有进行考证，但我相信，凭直觉，我认同这种说法。因为大枣是果中上品，"一天三个枣，永远不显老"。枣是很好的补品，是味道香甜的一种美味，而枣花又朴实无华，那么星星点点不显山不露水，这一定应了大自然那种公平法则：上帝在一个方面给了你优势，那另一方面一定要有不足。我想，枣花既然在花形花香上不占优势，那她的果和副产品花蜜一定就要出类拔萃了！枣花蜜最好，那么野枣花的蜜呢，是不是更要上个等级？

妻子喜爱山枣酸中带点儿甜的味道，更喜欢野外采摘时略带冒险的乐趣，而我通过对野枣树的观察，不禁对这种野生植物，特别是对野枣花肃然起敬！

野枣花，永远开在我心灵深处那个安静的角落。

2014 年 7 月 20 日

# 霾终将吃掉我们

喝上干净的水,呼吸新鲜的空气,

享受温暖的阳光,不算过分吧?

近年来,"霾"连续成为年度热词,成为各大媒体争相报道的资讯,的确让人瞠目结舌,让我这个蛰居乡野的草民也大开眼界。

中新网 2013 年 12 月 30 日报道,全国平均雾霾天数达 52 年之最(也许在 52 年前还没有测定雾霾的指标,若有,则可以说达到有史以来最高水准)。报道说:2013 年,中国遭遇史上最严重雾霾天气。雾霾发生频率之高、波及范围之广、污染程度之严重前所未有。PM$_{2.5}$ 指数爆表,白天能见度不足几十米,中小学停课,航班停飞,高速公路封闭,公交线路暂停营运……雾霾波及 25 个省份 100 多个大中型城市,全国平均雾霾天数达 29.9 天,创 52 年来之最。连大海环抱之中的绿洲海口市也难以幸免,被这烦人的雾霾中度污染。

报道最后加了评论,说,雾霾大面积集中爆发是大自然发出的警告,昭示我们发展需要转型、增长需要升级。

我长年累月蜗居深山中的小县城,对雾霾的亲身感受不是很多,只是对各种媒体铺天盖地的口诛笔伐有些吃惊。最终还是一场在省会城市的亲身体验,才使我对雾霾有了更深一点的理解和感受。

记忆非常清晰,那是在省城郑州地铁 1 号线开通前的 2013 年 12 月 23 日,受朋友之邀在开通前体验试乘,因此有幸在大城市待了两天,也因这两天的机缘巧合,让我初识了雾霾,见识了其狰狞面目。

大雾笼罩,给奥妙无穷的大自然平添了更多的深奥神秘,这是我们这代人从小就有的很美的感受和印象,也是在我们作文时经常出现的场景。

只可惜这个世界变化太快了,大雾天仍然存在,出现的频率更加频繁,并且以更迷离的面目出现,这就是雾霾,迷离的外表下掩饰着其丑陋的内核。

在省城的第一天我几乎没怎么出门,住在九楼,向外张望,雾蒙蒙一片,漂亮的大都市笼罩在雾霾之中显得灰头土脸,了无生机。近旁的楼房还能够看出轮廓,但百米以外的风景全部隐去了真身。若是毛泽东主席在世,说不定又当引吭高歌,吟出一曲"怅寥廓大地,苍茫宇宇,雾霾重重,凌云鸿志,几时冲天起"的豪迈诗篇。若他老人家地下有知,不知会不会轻叹几声,打下的江山创下的基业,虽后继有人,老百姓也过上了丰衣足食的幸福生活,但与他的心中理想肯定还有不小的差距。

第二天,沿一条南北街道,向北步行四十分钟至地铁站点,这一路真是"独立寒秋,放眼北望,尘埃滚滚,汽车、行人、街树披满身黄土。风尘仆仆,去赴浪漫之约,心中何种滋味? 这边雾霾之风景独好,独好,独好!"一路走来一路叹,不知吸进了多少尘埃,不知看到了多少辆布满一层黄土的车辆。两旁的行道树默默地忍受着绿装变黄装的羞辱和无奈,一直在期待着早点来一场透雨,痛痛快快洗个澡,洗去污垢洗去黄装,更期待着早点下一场大雪,把这些丑陋肮脏的东西全部掩埋!

那么究竟什么是雾霾呢？

雾，是空气中液体的颗粒化程度较高时，达到一种相对饱和状态的小水滴，虽有危害，但只是对能见度影响较大，影响出行安全。

而霾，就进化了、厉害了，它在空气中固体颗粒化程度较高，且固体颗粒内容物非常丰富。据科学考证与分析，大略有这样几种成分：一是工业生产过程中的废弃副产品，如一些燃料燃烧过程中产生的烟尘，冶炼作业的烟尘，化工产业中的废气污染；二是农牧业生产过程中产生的副产品，如各种风沙扬尘；三是生活过程中产生的各种尘埃，如汽车飞机排放的尾气，厨房排放的烟气，各种电器产生的烟尘，各种生活垃圾扩散到空气中的烟尘，点燃废弃物产生的烟尘，甚至还有无数烟民的吞云吐雾等；四是在城镇化加速过程中产生的各种灰尘颗粒，借助风力大面积扩散到空中；第五类更为复杂，上述各种固体颗粒物在扩散的过程中通过各种物理、化学反应，产生更为复杂的汽化状固体颗粒物。凡以上种种内容物，悬浮在空气之中达到一种混沌状态，保持较长时间，在一定的天气状况之下，就形成大面积的大气污染状态，这就是霾。

霾对人类的影响到底如何呢？

凭感觉判断，虽暂无严格的科学依据，如果我们人类不能尽快找出治理霾的方法，如果我们的空气状况还如这两年一样糟糕透顶的话，那么，我们人类，终将被霾所吃掉。如此结论，是否有点危言耸听？

从媒体报道的各地 PM$_{2.5}$ 数据频繁爆表（当然，空气污染物不只此一项），到一个班级五十七名学生在雾霾天气状况下三十多人因呼吸道感染而请假治疗，再到各地大小医院门诊因感冒而输液吊瓶的成灾，然后具体到我本人最近一次感冒，长达二十多天之久而咳嗽不断、难以痊愈，这些表面现象说明了什么问题？

这种大面积霾天之下，这种严重的空气污染之下，我们可以简单地设想，仅我们的肺部要吸进去多少尘埃。我们假定这些尘埃无毒，若干年之后，要有多少人会患上呼吸道疾病，又要有多少人严重到尘肺病的程度？假定这些空气中的固体颗粒污染物有一定的毒性，那么可以设想，若干年之后又要有多少人可能罹患上各种类型、千奇百怪的癌症？

据 2013 年 12 月 14 日国际医学杂志《柳叶刀》所刊论文《中国积极应对空气污染健康影响》的估计，照如此的空气污染状况持续下去，那么全国每年要有 35 万至 55 万人因室外空气污染而提前死亡。而这些死去的人，最终还可能不知道自己究竟死于何因，不知道谁应该为自己这么早失去生命而负责。看来，霾，这种空气污染，真是杀人不见血的刽子手呀！它致人患病直至死亡是一个渐进的缓慢的过程，好似温水煮青蛙，让人患病之后，可能几年，也可能几十年才会发作，最终显露其狰狞的魔鬼面容。能够让我们在不知不觉之中深受其害，甚至还可能让我们在为经济快速发展的鼓与呼中快乐地死亡，在我们享受物欲的满足和欢乐，嬉笑嫣然之中满足地死去，这到底是一种悲哀还是一种无知？我不知道答案，恐怕也不会有准确的答案。

连海南岛这个所谓的生态旅游岛都被霾所侵染，那么我们地大物博的中国还有哪里的空气适宜呼吸呢？现在看恐怕只有最后的那块净土——青藏高原，但西部大开发的脚步不知能否不去打扰这片蓝天？

如果连自由呼吸都成为一种奢望的话，那么我们的城市建得再美也是徒有华丽的外表，我们的经济社会发展得再好又有什么实际意义？

如此看来，科学发展的坦途，我们刚刚起步！保护环境，治理污染，才是发展必须优先考虑的因素，否则，发展得越快，我们被霾等副产品吃掉的速度也就越快!

　　在探索科学发展的道路上,我们曾因急于解决温饱问题,想尽快脱贫致富而付出了高昂的学费。现在我们基本明白,环境修复的过程需付出数倍的代价、更长的时间。当衣食无忧、生活保障基本满足之后,享受明媚的阳光,呼吸清新的空气,食用安全的食品,能够安全出行,健康而快乐地生活,才是更真实精致的追求!

　　早一天让雾霾消失,还天空以本身的澄彻清明吧!

2014 年 1 月 18 日

# 黄河在无声地哭泣

母亲河，孕育了华夏文明。黄河之水天上来，奔流到海不复回。缺水，严重缺水，黄河断流！这是一种危险的预兆。保护母亲河，善待大自然，已刻不容缓。

2014 年 1 月 23 日，在马年春节即将到来之际，也许是偶然，或许是冥冥中注定，我一时兴起，走，趁中午时间，到花园口看看母亲河的芳容！

我来到黄河母亲身边，但在这个曾经饱含历史沧桑和沉痛记忆的地方，母亲并没有表示她的热情和宽容，她像一个毫无生机的老人，以一种凄凉的方式表达着她的病入膏肓！

站在雄伟壮观的黄河大堤之上，昔日宽阔的河面、滚滚的河水、怒号的浊浪哪里还有一丁点的踪影？

那"黄河之水天上来，奔流到海不复回"的气魄，那"九曲黄河万里沙，浪淘风簸自天涯"的雄浑，那"黄河落天走东海，万里写入胸怀间"的豁达，那"黄河远上白云间，一片孤城万仞山"的森然，那"大漠孤烟直，长河落日圆"的肃穆，那"峰峦如聚，波涛如怒，山河表里潼关路"的险要，这些母亲之河的壮美景观早已是明日黄花，碾落尘埃！

毛泽东主席当年凝望黄河，忧国忧民，那振聋发聩的"一定要把黄河的事情办好"的铮铮誓言,还久久地响在耳畔,黄河水利工程一项又一项,跨河大桥一座又一座,黄河水患应该说已得到妥善解决,毛主席他老人家的担忧是否应该落地了呢? 或许,他的在天之灵一定在深深地谴责着我们!

我哑然无声。母亲之河已经这样惨不忍睹,在痛苦地呻吟挣扎,我又怎么能拿生活中一点微不足道的小事来徒增她的烦恼和悲哀呢?

我的家乡在黄河支流伊河南岸,虽然距离黄河只有二十多公里的路程,但在我二十四岁之前还真没有看到过黄河的模样。

心中的黄河波浪滚滚,和我家乡的伊河不可相提并论。

伊河在我心中已然神圣,河水清澈,两岸绿荫蔽日,河床水草清幽,河沙纯洁素净,似静谧安详的西子姑娘。而黄河,却是从老师那里听到的概况,是中华民族的母亲河,从青藏高原奔腾而下,有种奔流到海不复回的豪迈,给人的是雄浑刚强、桀骜不驯的西北汉子的印象。

但如今,无论是小家碧玉的伊河,还是洪钟大吕的黄河,都让人看着心酸,说着心痛,想着心碎。黄河母亲哟,还是让我怀着一颗敬畏的心,一步步走入您胸怀的深处。

走上神圣的黄河大堤,抬头放眼远望,是宽阔的河床之上横跨南北的花园口黄河公路大桥,如巨龙横跨南北,又似彩虹悬在天际,桥上车水马龙,成了真正的汽车洪流。人类真是太伟大了,轻松地让天堑变通途,极大地改善了交通条件,仅郑州境内就建了多座黄河大桥,黄河全流域上建的大桥更是难以有个准确的数据。工业化的步伐,在母亲河的身上得到了最生动的体现。

站在神圣的黄河大堤,收回远眺的目光,观察眼下的光景,映入眼帘的是一片热闹喧嚣的工地,多台大型挖掘机正沿着一条水渠紧张地轰鸣着作业。直观的感觉,是在挖一条引水工程,从黄河的腹地将河水引到岸边。这又是一个现代化的印记,我们伟大的祖先在降伏水魔灾患的时候是多么的原始和艰辛,从西门豹治邺时的破除迷信,到李冰父子修建都江堰时的巧夺天工;从大禹治水时的化熊神话,到目前长江黄河轻松截流,科学技术的进步,让许多想都不敢想的事情轻易变为现实。

我要去寻找我心中的那方净土,黄河之水哪里去了,黄河真的没水了吗?黄河可能断流吗?

走下黄河大堤,朝着心中的圣地进发,满怀着一丝丝的希望,好像要去寻找一个失落多年的梦想。我不断地怀疑自己的眼睛,这难道就是传说中的黄河河岸?我也不断地得出结论,难道这就是让我魂牵梦萦的那方圣地?

我走进了一片绵延不绝的草滩。冬季的草滩是一派荒芜破败的景象,一眼望不到边。荒草凄凉,本应是这个季节黄河河滩真实的写照,但在我寻找河水奔腾的背景衬托之下略显格调冲突。丰茂的水草,在丰水季节应该是绿油油的,如绿色的绒毯满铺在河床,只是在绒毯的正中间剪开一个豁口,河水如黄色的长龙奔腾而下。而如今,疯长了一夏的野草拖着破败不堪的身躯,匍匐在地,好像在守护着已沉睡了千年的母亲,也好像在诉说着什么巨大的冤屈。破败的景象不断地折磨着我脆弱的神经,我不断加快着脚步,向黄河河床的更深处走去。

终于走出了荒芜的草滩,又好像走进了茫茫无边的沙滩。展现在眼前的是一片沙地,我知道,距离我心中的河流近了,可能很快就会看到黄河奔流的真容了。沙地变成了沙漠,沙漠考验着我的耐心,我走呀走,走了很长一段路程,也许沙漠中行走本来就困难,我已经有点气喘吁吁,但还是一眼望不到边,看不到任何有河水流过的迹象,我近乎绝望了!

又走了许久,突然,我的眼前一亮,水,有水了!我的前面出现了小小的水塘，我先是惊喜，继而失望，最后完全绝望。这看似水塘，却是黄河的主河道。我向上溯源，不错，弯弯曲曲向上延伸着；我向下寻觅，也对，顺着这条似河非河的渠道，水岸边还停留着一些近似冲锋舟的小型船只，这些应该是在旅游季节遗留下来的，因为船主知道黄河再也不会有大水了，所以放心地存放在水边。我再仔细地观察着这条小溪，这条已不足数米宽的小溪，水到底是静止的还是流动的，判断起来还真是不容易，我顺手捡起岸边的一些衰草丢进水中，这样，才勉强看到溪水还真是在缓缓地流动。这便是黄河主河道了，我终于寻找到了一点儿河流的印迹，只是她已沦落到如此可怜的地步，与其说是溪流，毋宁说是沟渠，让人真不忍观之。

失望至极，我顺溪而下，已不为寻梦，已经找到了黄河如今的真身，我要去寻找一点精神的慰藉。不远的地方，我看到了昔日曾经的繁华，几条偌大的游船，其实只是几艘停靠在河边供人娱乐餐饮的临时船房，特别孤单，特别失意，没有一个游客。游客大多是奔着河水来的，河里没有了水，船上也便没有了游人。当然，一场及时雨下过，或者雨季来临，这里仍然会门庭若市，我相信，这是肯定的！

这里不是壶口瀑布，因此不会有飞流直下三千尺、气吞山河万里云的阵势；这里不是小浪底水库，不会有万里无波烟浩渺、千亩洞庭鱼儿跃的壮丽；这时候不是汛期雨季，不可能水量充盈满河床、沿线防洪弦紧绷的场景……我在心里给自己寻找一些安慰。

其实，我的心在流血。母亲之河，无论如何不应该沦落到如此境地：虽未断流，与断流何异？

母亲河在流泪，溪流中浑浊的水，是否就是母亲河伤心的眼泪？

无语问苍天，任何一句话都显得多余。

此时我想起了汉乐府诗《上邪》中那句誓言：上邪！我欲与君相知，长命无绝衰。山无陵，江水为竭，冬雷震震，夏雨雪，天地合，乃敢与君绝！难道真是一语成谶？

　　我只有陪着母亲河低声地啜泣，母亲河的处境让我们心酸悲痛。倘有一天，黄河断流，对我们人类究竟意味着什么？我不敢想，真的不敢想下去！

　　我只有在心中默默祝福，黄河啊，母亲，您若能水流丰沛，何需要南水北调？您若能奔流不息，何愁不水佑苍生，万民乐业？

2014 年 1 月 25 日

# 为239位亲人祈福

> 人生归宿是天堂。可数百个鲜活的生命，因为一次浪漫的旅行，竟然莫名其妙地消失得无影无踪，在科技如此发达的今天，尤其让人匪夷所思！只有祝福，祝他们在天堂平安！

人活着，是一种偶然；而死去，却是一种必然，这是自然规律，也是每个肉胎凡身者不愿谈论的话题。

还有一种中间状态：既不知道是不是活着，也不知道是不是已经不在人世，这种状态更让人牵肠挂肚，甚至撕心裂肺！

2014年3月8日，在三八国际妇女节这个特别的日子里，有颗"重磅炸弹"炸响在人们心头，炸得全世界血肉模糊，炸得全人类晕头转向。是日凌晨，马来西亚航空公司MH370航班在由吉隆坡飞往北京的航线途中，在越南胡志明管制区与管制部门失去通信联络，同时失去雷达信号。这架载有227名乘客（其中有154名中国旅客）、12名机组人员的客机本应于北京时间8日6时30分抵达北京。

"失联"成为这个妇女节的一个热词，并注定成为这段时间世人关注的焦点。

客机的下落始终牵动着全球人民的心，239条鲜活生命的消息和状况成为人们的牵挂。

8 日当晚,我一直关注中央电视台新闻频道播出的关于此事的最新进展,直到次日凌晨两点,我实在睁不开眼了,才无奈上床闭上双眼。可一颗悬着的心让我基本一夜无眠,中间我无数次用手机上网刷新新闻,了解最新资讯,期望着能有最新消息,找到飞机和人员的下落。

我曾在心里设想着会有这样几种可能:第一种,是不是真的奇迹出现了,探索多年的 UFO(不明飞行物)真是外星人派来的友好使者,确实存在另外一个星球的文明,外星人邀请这 239 名地球人到外星做客访问,因此才暂无音讯。第二种可能,飞机出现异常情况,紧急迫降在一个人迹罕至的地方,而这个地方正好是一处魔幻地域,可屏蔽任何电波信号,正如鲁滨孙漂到了那个荒岛,终将有回归的那一天。第三种可能,机长驾机逃逸,逃到了一个神秘部落,而这个部落科技更加发达,让这架飞机和飞机上的所有人都无法与外界取得联系……总之,是人机安全。

最漫长的煎熬是等待,最无奈的牵挂是失联。

239 位亲人的生命,牵涉不止五百个家庭,多少人在期待着能有确凿的消息,多少人在祈祷着亲人的平安。孩子在盼望着父母归来,父母在为孩子的生命担忧,可一切的一切,都无法改变一个残酷的现实,那就是毫无消息、失去联系。

连我们这些看似丝毫无关的人都牵肠挂肚、寝食难安,推己及人,可以想象到那些失联者的直系亲属,恐怕早已经乱成了一锅粥,悲痛欲绝,死去活来,甚至满头青丝一夜变白发,更有甚者可能发生更严重的变故,外人真无法想象那种天塌下来的感觉、呼天不应叫地不灵的无助。

全世界在营救,全人类在搜寻,人类调动了所有能够调动的科技和力量,全力以赴,争分夺秒,不惜一切代价,不讲任何条件,目的只有一个:找到这架失去联系的航班,找到航班上 239 名乘客和机组人员的下落。

波音客机看似庞然大物,可在浩瀚的宇宙中间实在微不足道,随随便便隐匿在一个地方,任人类费尽心力,它自一声不响,人们也只有长叹息、空惆怅。

生命随着飞机的失联,也便销声匿迹。这些人去了哪里?你们为何对家里的亲人不管不顾?

期待着失联航班的消息,更害怕等来的是让人悲怆的最坏结果,只有在心中默默地祈祷,祝愿航班真的到了外星旅行,祈愿永远不要有失联航班失事的信息!

搜救在进行,调查在继续,祈祷在汇聚,希望在消蚀,让失联的客机永远成为一个谜吧,真相千万不要被揭开!让这些人成为家里亲人的一个念想吧,他们没有消失,他们没有经受灾难,他们只是来不及和家人道别,被迫无奈突然就被天外来客请到了另一个星球!

我和全世界的人一样,永远怀着美好的祝福,祈祷他们在外星幸福平安!

2014 年 3 月 13 日

附记:

时光飞逝,本文写竣已两年有余。其间,马来西亚民航局宣布 MH370 航班已经失事,推定机上人员全部遇难。在本书付梓之际,唯愿逝者安息、生者坚强,并祈祷此类悲剧永不再发生。

2016 年 7 月 8 日

# 人生谁不是过客？

谦让是最高的尊贵，低头是最靓的修养。人这一生值得炫耀的东西不多，颐指气使地目空一切，咄咄逼人地唯我独尊，都是修为不够的外露。

新年上班的第二天，就得到一个消息，一个行业曾经的领跑者，我所打交道的一位高级别的领导，我最尊敬的一位能力品行胸怀与成就相称的人，宣布光荣退休。

虽然早在意料之中，明知岁月无痕、年龄无情，但听到这个信息心里还是荡起了几丝涟漪。这么有能力的人，我的偶像，人生也到了退休阶段，人生谁不是过客？也许他的人生会从退休这一天起更加绚烂辉煌，因为他有了更多自由支配的时间，他可以做更多他真正喜欢做的事情，我在心里默默地这样祝愿。

想到"人生谁不是过客"这个话题，我的眼前立即浮现出一幅与此似乎关系不大，但冲击力很强的画面：在印度的仁爱之家，从一排排的轮椅上，义工们将一个个生命垂危的老人抬下来，平放在水泥地板上，将老人的衣服脱光（有些老人已经没法完整地穿着衣服），然后用自来水给老人们冲洗，主要是冲洗老人们下身黏附的一些粪便。这些无助的老人，拼尽全力用自己的双手尽可能地捂住下身。从央视的节目中看到这个信息时,我就在想,这些老人有着怎样的人生经历? 都是无儿无女无依无靠吗? 是不是有些老人也有着叱咤风云的辉煌过去? 而现在还留下了什么呢? 连最起码的尊严都没有。没有人敢深入地想下去,更没有人能想象到自己的老年,尤其是人生最后的一段时光会是什么样的境况。毫无疑问,从尘土中来,到尘土中去,是所有人的共同结局。

人生谁不是过客?

人的一生,是追求幸福生活的一生。用马斯洛的需求理论分析,人的努力奋斗,不断实现人生价值,要求向上进取无可厚非,也确实有人做出了很大的成绩,对社会做出了巨大的贡献;而绝大多数的人,则平平凡凡,在平凡的人生中默默无闻,似乎对社会的贡献可有可无,其实对于我们普通人,这才是最为真实的人生过程。

我们更是一个匆匆的过客。既然都是过客,我们为什么还要有这么多的困惑,让自己的日子缺乏色彩呢?

在人生的绝大多数时间里,我们可能活得不如别人,此时我们切不可自暴自弃、随波逐流。

人世间有哪一位不是平凡的人物? 我曾因工作关系拜访某乡政府的乡长,他当着我的面抱怨,说自己是混得最不济的人。其实,在我眼中,他绝对是一个重量级的成功人士,可以设想一下,在广大的农村,一个农家子弟,能有份不错的工作已属不易,而能当上一乡之长那是何等的风光、何等的与众不同! 后来,他因工作出色而被调到一个重要局委当上了局长,并干得风生水起,很有影响,让人大为赞佩。再后来,出人意料,他因巨额受贿而银铛入狱,让人在大跌眼镜的同时深感痛惜。我分析不清他的人生轨迹,他比上不足,但在一个小小的县城,他早就是风云人物。当然,大到副国级甚至正国级的高级干部,如果不能摆正位置、放平心态,不能正确地为人民服务、为社会做贡献,人生也会从高高的天上一下子坠入万劫不复的地狱！人性矛盾的针锋相对,便有了"天堂有路不去走,地狱无门偏来投"的分别。

其实,社会中的任何一个人都有自己的闪光之处、优势所在,甚至伟大的不同凡响的一面。但我们都易被迷惑,易被地位、权力、金钱所左右。我们比别人强还是不如别人,大部分人都用地位、权力、金钱这三把尺子在衡量。或者无限夸大了别人的身价地位,无视自己的长处和优点,或者走向另一个极端,妄自尊大,蔑视一切,目中无人。

太多的时候,太多的场合,作为普通人的我们,很少表现出自负和自傲,这些一般是所谓的成功人士,或智商较高者所独有,更多的时候往往是从自谦走向自卑的境地。

所以作为普普通通的社会成员,在日常工作和生活当中,要把自己当独立的人看待。我们有独立的精神、平等的地位和特别的人格,并不低三下四,并不委身于权贵,并不乞怜于他人,任别人一日三餐山珍海味,我有小米青菜也自得其乐。万丈红尘,高低错落,方是真正的生活,人格上不低人一点儿。

当我们好像比别人强一点点的时候——这种时候大多是我们心智迷惑的时候,往往会错判形势,唯我独尊,高高在上,不自觉地伤害别人,从而筑起一道难以逾越的高墙,把自己孤立起来。这种情况之下,我们务必要保持头脑的冷静,一定要尊重别人,看到他人的长处。

现实中不乏这样的生动事例:有些人比别人强时盛气凌人,特别是一些掌握点儿权力的公职人员,一旦退位赋闲在家,立即门前冷落鞍马稀,很快就成为无人问津的孤家寡人。这种现象,一方面说明世态的炎凉,很有人走茶凉的薄情;另一方面,与其在位时的高高在上、蔑视他人也脱不了干系。

当我们比别人稍强一点儿的时候,更要尊重别人,别人也是一个独立、丰富的个体。他只不过没遇到合适的生根发芽的机缘,才没有相应的成就和地位。

记住马云的一句话：一根草绳系在白菜上的时候只能卖出白菜的价格，而一旦系在大闸蟹的身上，立即就能卖出更高的价钱。

一个人的出身和经历，限制和束缚了他的绝大部分发展空间。

傲慢得不可一世，颐指气使地目空一切，咄咄逼人地唯我独尊，这一切都是修为不够的外露。谦让是最高的尊贵，低头是最靓的修养。

心魔起俗雾，妄念生迷情，最容易发生在自我感觉良好的时候。《道德经》告诉我们，自知者明，知人者智，胜人者有力，自胜者强。看来，能自知也不是件易事。

不论我们人生之路走得非常顺利，还是万分坎坷，都要明白，我们都是人间一个匆匆过客，不可过分仰视他人而弄丢了自己，更不可太过藐视他人、膨胀自我。

2015 年 1 月 15 日

# 这个世界不能待得太久

天堂和明天哪个先到？人生短暂，不知是天妒英才，还是红颜薄命。蝼蚁人生，几人能过百年？待得太久，只会经历更多的生离死别、苦情伤感。

在这个丰富多彩的世界，人生要受很多的诱惑，经很多的感动，因此牵挂的东西越多、浸淫的时间越久，越不舍得离开这个世界。

歌手姚贝娜曾经说过，生命的结束不可怕，可怕的是离别。这说明，在这个世界生活，有很多感情是无法割舍的。

说这句话的时候，这个坚强的姑娘正在经历生死考验。2011年她被确诊为乳腺癌，切除一侧乳房，经过痛苦的化疗她基本恢复健康，于2013年9月26日她31岁生日这天，参加一场粉红丝带公益活动时有感而发说出了这句话。

然而，可恶的病魔很快又死灰复燃，并再次发起更猖狂的进攻。2015年新年伊始，姚贝娜带着无尽的遗憾离开了这个她深情歌唱的世界。

尽管她的角膜让两个病人重见了光明，让她的爱延续，但这个事件或许会较长时间地影响我们的情绪。2015年1月16日，这么一个吉祥的日子，对纯情歌手姚贝娜来说，却是一个阴阳两隔、年轻生命结束的句号。

罕有的邪恶不断丑化着这个美好的世界，让人们长吁短叹，抱怨苍天的不公、人生的可怜。

年轻的生命、善良的人们为什么就不能待得长久一点？时间定格在这一天，姚贝娜的人生在 33 岁这如花的年纪凝固成了永恒。

丛飞，是一个平凡而伟大的名字，实力派的爱心歌手，他的歌好听，有太多喜欢他的歌迷。在他 37 年的短暂人生中，先后参加了 400 多场义演，收入并不丰厚，却进行了长达 11 年的慈善资助。他资助了 183 名贫困儿童，累计捐款捐物 300 多万元，被评为 2005 年度感动中国人物和 100 位新中国成立以来感动中国人物之一。在这个世界，他也没有待得太久，却永远活在人们的回忆之中。

警界女杰任长霞，40 岁的时候因车祸过早离开了她心爱的岗位。

还有王均瑶，38 岁的他英年早逝，命运之神对这个耀眼的企业家同样毫不留情。

一切的一切，这些鲜活的生命花开正艳之时，因灾祸或疾病突然而止，只能说天妒英才。

据报道，全世界每年因癌症、糖尿病、脑卒中等非传染性疾病而过早失去生命的人约有 300 万；而因各种突发灾难失去生命的人更是一个天文数字。难道说，这个世界这么不公平，真的让这么多人不能待得长久一点儿？

这不得不让人感叹生命的短暂和人生的无常，悲欢离合、生离死别，每时每刻都在悲情地上演。

按正常情况，随着科技的进步，人类的平均寿命也在不断地改写着新的纪录。社会普遍认为，人类自然寿命在 75 岁左右当属正常，这样，一般人在 60 岁退出工作岗位之后，再有十五到二十年的时间安享太平生活，也不算是过分的奢望。

姚贝娜在第一次战胜癌症的进攻后比较乐观,当然我们人类在大多数情况下都比较乐观。当时她说,也许是苍天的眷顾,病情发现得比较早,得到了及时治疗,手术后恢复得很好,预后比较乐观。可谁承想,命运竟是如此地捉弄人,仅仅一年半之后,竟是这样一种悲情的结局。

之所以说哀莫大于心死,一旦绝望了,人的生命也就有可能随时随地消亡。而人的绝望,一般是被自己的身体所打垮的,放弃生命的人,大多数是得了绝症或缠人的疾病,受不了肉体的折磨。还有少部分,是因为罪大恶极,罪不可赦,必将败露,一旦败露也将面临严厉的惩罚,重压之下才飞蛾扑火般地结束生命。

姚贝娜是坚强的人,是抗争到生命最后一刻的人。向崇高的生命致敬,向伟大的灵魂默哀,给一个值得尊敬的人献礼!

我们感叹的是无辜的人,是正处风华正茂的人,是对社会有益的人,是受大家欢迎的人,是值得我们爱戴的善良的人。这个世界为什么不能网开一面,让他们按自然规律多待一段时间呢?

有了这些偶然间的祸患,才有了很多的撕心裂肺;有了这些无常的别离,才有了人世间的肝肠寸断。至亲之人的感受,较之我们旁观者要沉痛百倍。贝娜的父亲姚锋在送别女儿的追悼会上悲痛欲绝:好孩子,贝娜,一路走好,我们来生还要做父女!

正因为对明天充满希望,人类才会坦然地对待太多的挫败、打击甚至生死考验。

即便是那些决绝地自我放弃生命的人,似乎也有值得"理解之同情"之处:他很可能是认为那条路才是走向自由永生的唯一选择,自己的解脱对亲人来说也许是一种解脱,因而不能将其自戕一概视为逃避。

人生短暂,生命无常,这是常态。

每个人都不会知道自己的明天会如何,都不知道最终的归宿在哪里。虽然不必为此而杞人忧天,但高质量、有尊严地活着,却是最为现实的选择。

光阴似水杳然去,分分秒秒当珍惜。

平平淡淡的生活,日复一日,表面看毫无意义、了无趣味。对不同年龄段的人,自有不同的活法,有谁会去刻意雕琢把它当作世界的末日?

拥有健康身体的人,通常无法去理解那些身患重疴的病人。绝症病人那种痛苦的折磨,肯定生不如死。虽说好死不如赖活着,但生命即将终结的时候,那种精神的无助和肉体的折磨,非有过这种经历的人所能体会。

健康地活着,是最大的幸福!

每寸光阴,每份情感,每个体验,每点感动,都应让我们倍加珍惜。

生命有可能不按既有的轨道运行,每天都在不同的地方突然袭击。

与每个人的交集,最好都带有温暖的力量,帮扶了别人照亮了自己。百年修得同船渡,千年修得共枕眠,擦肩而过的人也是前世的缘分,请珍惜与每个人的缘,有了大爱,也便少了伤害。有了和谐,自然就多了温暖。

天堂没有病痛,被这个世界抛弃的,一定会在另一个世界获得平安!

2015 年 1 月 21 日

雁过留影

北风袭，

雁叫声急，

盼归期，

望天际雁阵销匿，

感丝丝凉意，

身慵意懒，

醉卧牌楼西！


闲游山涧，

踏石处，

残留惆怅，

望断山川，

谁怜背影稀！

# 雨中游乌镇

慢慢地走着,在风中,在雨中,在江南水乡的小镇,你会迷失了自己,完全融入这自然风情,物我两忘,飞离尘嚣!

王剑冰老师所著的《绝版的周庄》闻名遐迩,无名小卒再写同为江南风光的乌镇,莫不是犯了"眼前有景道不得,崔颢题诗在上头"的大忌?然而,既然很不容易到乌镇一游,纵使冒了天下之大不韪,还是容学生不顾天高地厚,信手涂鸦一下吧!

大学毕业二十五年,相聚于江苏无锡,本身便是一种机缘。

求学于泰山脚下,毕业五年、十年之时相聚于泰安,十五年之际相聚于烟台,二十年相聚于青岛,均没有跳出山东半岛,独二十五年相聚时南下来到风景秀丽的太湖之滨——江苏无锡。

这次相聚也是短暂的碰面,晚上聚餐见面,回忆同窗旧情,叙说人生过往,畅想未来梦想,第二天就匆匆分别,重新各奔东西。

谈未来是这次聚会的主基调。少了往昔聚会时的激情,多了更多的沉稳和平实。几个同学对江南风光的周庄和乌镇议论最多,要趁这次机会前往观光游览的也不在少数。

因为行程比较紧凑,我没有任何观光的计划安排,也对大家的议论没太在意,根本没有这方面的想法,更没有注意周庄或者乌镇在什么地方,有什么特点。

第二天一大早,从无锡到了嘉兴,计划办完事当晚回镇江再见一个老同学,然后从南京乘动车返回郑州,火车票都已订好。但计划往往赶不上变化,随遇而安最重要,一切均要服从于具体事情的变化。

能游乌镇完全是一种无奈中的巧合,或者说是上苍的着意安排。

约定的商务会见,因对方急事出差,见面的时间改在了晚上,无奈之中只能退掉订好的车票,在嘉兴市停留半天。

午饭后,朋友安排我们下榻金棕榈度假酒店。按常规,我和同伴来到这人生地不熟的嘉兴,在酒店休息一下午等晚上与客户进行商务洽谈就是了。但冥冥之中自有注定的缘分,合该我们去乌镇一睹其真面目。

那天刚躺下,信手拿起酒店的旅客指南,第一行话就激起了我必到乌镇的强烈欲望。指南这样描述:嘉兴欢迎您,尊贵的客人!本酒店以东五公里有闻名中外的南湖,中国共产党第一次全国代表大会开会的船只仍在南湖停泊,让您领略红色吉祥地的神采;向西十公里,是鱼米之乡、江南水乡的典范——乌镇,浪漫水乡给您浪漫的风情之旅!

"乌镇距离此地仅一步之遥,真是天赐良机,不游乌镇岂不是错失机会?"我和同伴几乎是异口同声。

打车,是我们前往乌镇的最佳选择。但在异地他乡,连打车也与家乡有巨大区别,在酒店门口的大路上,竟然很少有空闲的出租车经过,等了半个小时也没有打上车。经过询问,路人让打出租车公司的叫车电话。更为奇怪,客服电话竟一直无人接听,我心中疑问:"是不是外地的手机号码让出租车公司的客服误认为是骚扰电话?"

真是屋漏偏逢连夜雨,这边着急打不到车,而第 16 号台风"凤凰"又恰在此时光临嘉兴,顿时狂风裹挟着如注的大雨袭来,直打得我和同伴晕头转向,一时竟分不清东南西北。

"是不是天意,这次不想让我们一睹乌镇的神秘面容?"我在心中重重地打了个问号。

愈挫愈勇,越是困难重重越是激起我们游览乌镇的决心。可在大雨滂沱之下,站在嘉兴宽畅的公路之上,却无论如何也打不到出租车。无奈,我们又退回到酒店门口,只有守株待兔这一招了。

还好,苍天不负有心人,半个多小时之后,终于有人乘出租车在酒店门口下车。我们又是招手又是吆喝,三步并作两步,冲进雨中,抢先上车。

"走,乌镇!"

"雨太大,没法去。"

"慢点开,去一趟呗。"

"要去,一百。"

"行,慢点开,一百就一百。"

将近一个小时,迎着狂风暴雨,出租车师傅小心翼翼地将我们安全送到了目的地。

雨幕中的乌镇西栅景区广场,本来并不宽阔,可能是游人稀少的原因,显得那样宽畅、清冷、神秘和与众不同,没有了游人如织的繁华,没有了人声鼎沸的嘈杂,没有了车水马龙的张扬,更没有吆东喝西那种逼人的商业气息。景区入口的大门之上,两个中规中矩的巨型书法艺术大字"乌镇",像两位安静的水乡女子微笑着恭候远道而来的客人。西栅景区广场的右侧则耸立着一块标志性的巨型喷绘宣传作品,其背景自然是小桥、流水、扁舟和桅杆,我们冒雨读了那段"乌镇来过,未曾离开"的推介文字,就已经深深地醉了。

心急如焚地期待,迫不及待地购票,步履紧促地冲入,果然别有洞天,真与北方的粗犷雄浑有着截然不同的风格。

　　甫一进门,左侧是个小小的码头,五六只扁舟静静地泊在河边,温顺如采红菱的小船,柔柔地端坐在溪流之上,边采红菱边慢条斯理地吟咏着水乡诗章。从左边码头登船荡舟应该是水路游览路线,而恰是右侧的风景,魅力似乎更大一些,一大片郁郁葱葱的翠竹夺人魂魄,生长得肆意汪洋,彰显着顽强的生命活力,也似热情的主人发出强烈的邀请:请往这边来,曲径通幽处,风景不一般。因为雨还淅淅沥沥地下着,我和同伴相视一笑,选择了右侧的陆路游览路线。

　　乌镇,说到底是一座江南小镇,沿着一条溪水,两岸错落有致地坐落着江南民居,而这些民居因为年代久远,被赋予了丰富的历史印记,读来很有沧海桑田的味道,品来有厚重浓烈的韵味。给我较深印象或者说对我有灵魂触动的东西,我感觉有一些不同寻常之处,容我深吸一口江南湿润清新的空气,慢慢与诸君道来。

　　走了陆路,也便走了数不清的桥。

　　乌镇的桥或者说水乡的桥,自与现代化大都市的桥不同。都市的桥四通八达,又以复杂唯美的数层立交为极致,立交桥是一个魔幻世界,毫不吝啬地把科技发展的成果张扬得炫光四射,让人情不自禁地叹为观止。

　　但走在乌镇的桥上,我们才于恍惚中脚踏实地般回到了人间,一下子就有了很浓很浓的人间烟火气息。

　　这里的桥,真正是回归自然的小桥流水,有桥必有水,一定是架在溪流之上的,是水路和陆路的亲近,是水流和人流的缠绵。

　　因为要过河,所以才架了桥。桥下有了水,路上的风景也便有了灵性,在这里桥成了道路明媚的双眸。

　　要说乌镇西栅有多少座桥,肯定可以屈指算来,但在雨中沉醉、在景中痴迷、在桥上徜徉的我,只看到满眼的桥:脚下的桥、房边的桥、桥下的桥、桥上的桥、桥连着桥、桥中套桥,这儿的一切似乎都和桥融为了一体,而水中则满满的都是桥的倒影。

到了江南,不用看景,只站在水边,只立于桥上,桥便是我们所有前行道路的眼睛,这一处处小桥流水便足够北方汉子回味良久了!

你站在桥上看风景,看风景的人在楼上看你。明月装饰了你的窗子,你装饰了别人的梦。这种意境,你说有多美? 在乌镇的桥上徜徉,时时处处,全部如是,让你目不暇接,如处梦中。

青石巷也给了我不小的冲击,也许是因了台风和大雨的缘故,是日下午游人稀稀落落,偶有人撑着把漂亮的洋伞,在窄窄的狭长的青石巷内缓缓地向前移动,或慢慢地从对面彳亍而来。总觉得在我身后,也可能在我的正上方某处,正有台摄像机在无声地拍摄,给人的感觉怪怪的,好像在拍电影,让我一下子就进到了戴望舒的那首《雨巷》中:撑着油纸伞,独自彷徨在悠长、悠长又寂寥的雨巷,我希望逢着一个丁香一样的结着愁怨的姑娘。

青石巷出奇地静谧,好像有意沉稳地接纳我这个虔诚的来客。我们像极了游鱼,缓慢地慵懒地似游而实际在自由地漂着。

也许,是久经风雨的青石板小道习惯了往日熙攘人流的喧嚣,猛然间对这种寂寥无所适从。但于我却恰到好处,我似乎更喜欢这种冷清,对这种静静述说的风景更容易接纳。

她的静,正表明她的丰富和内敛,她的稳重更证明了她的自信和胸怀。

这是一种极致的静,好像在万籁俱寂的深夜,你或者我,站在夜空之下,听那小虫低声鸣唱只属于它们自己的欢乐。

抑或是这样一种境况,少年时,独自一人在家中,在一场酣畅淋漓的暴风雨之后,怀揣一颗纯净的童心,耐心而又细致地观察房檐上大滴大滴的水珠一颗一颗砸在门口那块青石板上,瞬间,水珠粉身碎骨,烟消云散,而我们的心也立刻会天马行空,设想千奇百怪的结局,做着绮丽多姿的梦。

　　沿着窄窄的寂寥的青石巷，在这种静谧气氛的包围中，聆听着雨伞上"吧嗒吧嗒"节奏感十足的伴奏，我们心静如水地往前漫步。

　　"茅盾故居"，一处院落大门之上的这四个大字，一下子把我惊得目瞪口呆。亏我还算个文学爱好者，若早知茅盾先生的故居在乌镇，说什么也必须拜谒呀！

　　天不负有心人，也许是冥冥之中的巧妙安排，鬼使神差，竟让我没有错过这千载难逢的参拜良机。

　　在茅盾故居，我停留了近两个小时。不承想，还有更痴迷的人，我的同伴，也是我大学同一宿舍四年的同窗好友，比我看得还要仔细，我已是不错过茅盾纪念馆的任何一件展品了，可回过头去找我的同伴，他还在兴致盎然地拍照，还时不时地拿出笔记本认真地记录着什么。

　　还看了什么？只记得除了桥下的溪流，就只有溪流之上的桥了。

　　在回河南的路上，同伴的一句话，我记得很清楚，也作为历经波折雨中游乌镇的最大收获吧：茅盾是乌镇走出去的文学巨人，乌镇也将永远因茅盾而高耸云天！

　　雨中游乌镇，不枉此行！

　　游西栅已如此收获不菲，乌镇的东栅，等有机会的时候，我一定也要游览叩拜，或者，就作为永远的念想，让她保留那份神秘的面容吧！

2014 年 9 月 23 日

# 深山古刹读书声

山不在高,有仙则名;水不在深,有龙则灵。深山古刹,读书声声,不是许由,必是渊明。

春天到了,迎春花接受了蜡梅的盛情邀约,捧着透入骨髓的梅花冷香,轻轻的一声呼唤,刹那之间,花仙们争先恐后,不再静候积雪完全消融,梨花、樱花、杏花、桃花、玉兰花,将春天的大地一夜之间装点得美不胜收,最恣意汪洋的还是那大片大片的油菜花,黄金铺地,异香扑鼻,引来早春辛勤的蜜蜂,上下翩翩起舞,兴奋地传递着温暖馨香的春消息。

置身美好大自然的怀抱,如果仍然无动于衷,冷漠到两耳不闻窗外事,岂不辜负了这良辰美景。岁月易逝,好景难再,到头来还不真真是空悲切,错过这最好的光阴!

春意尚料峭,于农历二月初,一个周末艳阳高照的午后,我独自一人向嵩山深处进发,去捕捉春天的足迹,寻觅美好的时光,探寻精神的灵妙。

三祖庵,是一绝佳的去处。她如一座未被发现的宝藏,寂寞地隐身于崇山峻岭之中。

　　偶然的机会,从嵩岳寺塔后的山沟,我顺着一条山路,漫步四十分钟,不经意间竟"误入藕花深处"。

　　偶遇三祖庵这绝佳的清净之地倒也罢了,一面感叹古塔历经千年风雨,银杏老树历遭雷电洗礼,仍然默默地暗中保护佛法而伫立崖前,一面为另一幅唯美的场面深深地折服、久久地感动:三祖庵前,银杏树下,一个简单至极的方方石桌,随意地放着几把老式的破烂不堪的靠背椅子,一男一女两个学童面对面坐在桌前,桌子上摊放着书本和作业本,显然两个娃娃刚才正在写家庭作业,现在则正在大声地朗读着传统国学读本《弟子规》。

　　"弟子规,圣人训,首孝弟,次谨信,泛爱众,而亲仁,有余力,则学文……"稚嫩而纯净的童声环绕着略显破败的三祖庵,琅琅的读书声在这荒凉的深山幽谷中回旋飘荡,更衬托出山谷的静谧和三祖庵的荒凉。

　　我仿佛看到了一幅牧童放牧的画面:一群牛羊在山坡上静静地吃草,而在突兀而起的一块平坦山石之上,两个放牛娃,各自捧着一本书在忘我地读着。

　　两个孩子,男孩子八岁,女孩子六岁。小哥哥刚上小学,妹妹还在学前班,兄妹两个在山下的学校上学,这天正好是周末,家长把他们从学校接回深山之中的三祖庵,这里是他们的家,也是他们有点儿奇怪的父母生活的地方,或者说是其父母的精神家园和灵魂栖居地。

　　不去妄加揣测这居住在深山之中守山守庙的一家人,也许,每个人心中都会有自己的梦想,每个家庭也都会有太多太多的无奈,既然能够安于这种寂寥,必然有着复杂的理由。

　　能够听到读书声,听到小小孩童朗读圣贤之书的声音,看到这纯净的一幕,已经很奢侈,已经够我饶有兴趣地品味很久。

　　家有很多藏书,可积尘已厚,除了自己偶尔一翻,书和书柜只能默默相伴。

不仅我家是这样，恐怕现在这个社会大多数家庭都是这样，正应了老祖先的那句话：留财于子孙，子孙未必能守；留书于子孙，子孙未必去读。

回忆自己小时候，家境贫寒，哪能见到几本可读之书呀，凡是有文字的纸片我都视若珍宝，恨不得把每一个字都生吞活剥到自己的肚子里，而读过的书，不说倒背如流，却也记忆深刻。

生活真会开玩笑，小时候无书可读，成年了有书不去读。短短几十年，世事竟变幻得如此之快！

我一方面为这两个孩子感到由衷高兴，真希望他们能够在传统文化的熏陶下健康地成长，正如他们所处的这方净土，心灵之地别受社会大环境的影响，真正成为心智健全、志存高远的人，真正成为国家的栋梁。另一方面，我又有着无尽的担忧，担忧现在这个社会，功利化教育环境和科技高度发达下的读屏时代，人们，还有几个人会去认真地阅读？

真正的营养，没有人去主动汲取，而一些"激素"甚至"毒品"类的东西，人们却趋之若鹜，这是不是一种可怕的异化？

前任总理温家宝这样谈读书：读书关系到一个人的思想境界和修养，关系到一个民族的素质，关系到一个国家的兴旺发达。一个不读书的人是没有前途的，一个不读书的民族也是没有前途的。温总理当时说，很希望在街头公园、公交车上、地铁站台甚至飞机上看到读书的中国人，如果读书的人多了，国家就会更有希望。

统计数字也让我们非常汗颜：以色列人平均每年读书最多，达 64 本，日本人每年 40 本，而我们中国人每年每人只读 4.3 本。不知道大家读了几本，反正我虽还有着作家之名，一年之中还真是没有认认真真地读过几本有价值的书。

我感到自己的不争气,拖了整个国人的后腿。我为这两个娃娃点赞,从他们身上,我似乎又找到了年轻时代我的身影,读书可以滋养人生,读书可以医愚,首先为这两个娃娃送去最美好的祝愿,祝愿他们能够在传统文化的滋养之下,一路步入星光大道!

昔孟母,择邻处。子不学,断机杼。孟母三迁,其实目的很明确,就是为孩子寻找一处适宜读书、学习、成长的好环境。

深山之中的这种读书环境,应该为上佳的读书之地。虽然生活不便,甚至非常艰苦,连最基本的电都还没有接通,但也因此受外界的影响更小,只要家长能给孩子正确的引导,虽上学在山外,但定期回到这自然淳朴的深山老林之中滋润身心,必然会保持一种不同凡响的本性,必然会生长得更加自然、拙朴、健康!

把美好的祝福送给这两个娃娃,也送给这个喧嚣社会中正在成长的每一个儿童。

一个孩子受到了良好的教育,这个世界就多了几分积极的因素,这个社会就增加了一份正能量!

期待着诵读经典的琅琅书声响遍大地,期待着更多的国人放下手机,不再沉迷于刷屏,而是都能在紧张的生活工作学习之余,读一本好书,看一部经典,受一点滋养!

唯读书可以提升境界,愿读书成为陪伴我们终生的良好习惯。

2015 年 3 月 28 日

# 捡起每一片落叶

一叶落而知秋。蹲下，向生命低头，向自然礼赞！捡起，洗涤尘俗的心灵，珍惜脆弱的坚贞。

一叶一菩提，一花一世界。

每天早上，我会怀着虔诚的心，将每一片落叶小心地捡起，仿佛从地上小心地扶起一个个幼弱的生命，更仿佛从地上捧起一个个精灵古怪、活灵活现的灵魂。

这棵幸福树，一年四季枝繁叶茂，坚定地站在我书房写字台的右前方，像忠诚的卫士守护着我书房的安全，又似善良的快乐神仙，默默赐予着幸福安详。

树冠疏密有致，韵味十足，"多一分则浓，少一分则薄"，真是恰到好处。

不足两米的身高，正好可以与我平视。紧张工作之余，除了站在窗前极目远眺，大多数的时间，我都会站在树前，端详她亭亭玉立的身姿，认真观察她的每一根枝条、每一片树叶、每一个花蕾和每一朵盛开的花。

她开一种类似桐树花的喇叭花，但个头大体只有桐树花的三分之一，浅绿中泛着暗黄，闻之虽无味，但恰似荷塘深处星星般点缀着几位着黄色小衫的采莲姑娘。

印象中，一年四季陆陆续续好像一直都有花开放，因此，也就从不担心会误了花期。

她的花如吊挂的金钟，五个一组的比较常见，弧形排列，寓意五子登科。大多的花都开在枝条的最顶端，小小的喇叭花有意站在最高的位置，似乎要吹出属于自己的高山流水。她还有个特点，有点像热带植物菠萝蜜或榴梿，在她的躯干部也会冷不丁地冒出几个花蕾，然后随枝头的喧闹独自开放。只是菠萝蜜或榴梿，是因果实太重需要在枝干部位结果，而幸福树的开花开在枝干部位，只能说明一个寓意，就是幸福无处不在，需要认真把握。

至此，我想起要栽种一株幸福树的初衷来。

说来也巧，书房中小型绿色植物已有了君子兰和棕竹，取"君子坦荡荡""未出土时先有节，纵凌云处也无心"之意；相对较大型点儿的绿色植物是一盆平安树，陪伴着我一路坎坷辛劳却平安和顺。

记得是在汶川大地震时，我对人类突然遭遇的大灾难感到十分心痛，情不自禁创作出了两篇散文，一篇是《感悟平安》，一篇是《幸福的真谛》。鬼使神差，平安既然是最大的幸福，我何不给这棵孤单的平安树也找个珠联璧合的伙伴呢？因此，前世不知在何处流浪的这株幸福树，今生就被我娇宠地请到了书房。

室雅何须大，花香不在多；平安伴君行，幸福来安家。玉立两侧的两棵树中君子，如一副直白的妙对，时刻轻拂我的心灵，为书房平添几分秀色，净增许多安宁。

平安树叶大而肥厚，绿得发黑发亮，掉叶不多，有时候一个季度也难得发现有一片落叶；幸福树，叶密而轻盈，生发得十分旺盛，落叶相对较多，好像每时每刻都有新叶生出，都有叶片轻轻滑落。

曾经看到过一幅唯美得让人心酸的图案:有人用几十片不同形态的树叶摆放成"心"字形状,从树叶刚刚生发时微小而幼弱的芽尖,到一点点慢慢长大,展现最美的姿容,然后一天天老去、枯萎,最后化为灰烬,叶脉依然清晰,还保持着叶子团缩的形状。这时候的落叶,生命终结了的落叶,只需一丝微风,便会随风飘向空中,然后消失得无影无踪。

这不就是人的一生?从一个微小的细胞逐步生长为胚胎,然后离开母体,从爬行到直立,从婴儿到少年,从青春年华到老态龙钟,直到短暂生命的结束,以一种新的形态重新回归大地。轰轰烈烈的一生,从微小重新回归静寂,轮回的步伐轻若落叶,过不了多少年,还能有几人能够记起,曾有过这么多的生命,或沉寂或华丽地经过?

我轻轻地捡起每一片幸福树的落叶,仿佛是把幸福攥在了手中。

幸福树的叶,其实应叫幸福的树叶。捡拾起一片片幸福树的落叶,手里捧着一捧幸福的树叶,真的有一种感觉:树叶飘然而下,脱离了母体,并不是母亲嫌弃了孩子,而是曾经绿得自豪、亮得灿烂、美得耀眼的叶子累了,耗尽了心力,需要回归大地的怀抱,需要休息,也为更多更美的树叶让出空间、腾出位置。

这是胸怀,是幸福的关爱,也是美到凄凉的极致。

我小心翼翼地捡起每一片落叶,就像是看到匆匆生命迅疾而过的脚步。

落红不是无情物,化作春泥更护花。谁说落叶没有生命,叶落归根其实才是她最好的归宿。

有几人能认真关注或见证一株植物的生命?一片树叶其实只有短暂的几十天光辉。

生命匆匆,看到落叶的无奈,其实也正是看到滚滚红尘中,我们正挥霍的、看不见摸不着的青春、生命,猛然醒悟,鬓角已染霜,曾经意气风发的我们,都已不再年轻。

我满怀敬畏地捡起每一片落叶,时刻保持着心灵的那份纯洁。人生在世,都梦想活出精彩万分。

一棵小树,呈一片绿荫;一片森林,绿一方大地。

长成参天大树,自然成栋梁;如一片树叶,来无影去无踪,也不必悲伤苦痛,作为风的伴娘,毕竟也曾独自舞出过风情万种。

人的一生,普通人的一生,不都像这片落叶一样,短暂却从容地走过、有悲伤有幸福的一生?

面对着这一片片落叶,我们在生命面前只有肃然起敬!

捡起每一片落叶,我的心更加宁静安详。

捡拾起每一片落叶,让小小的书房不染一丝尘埃,也让自己的心像云洗过一样通透晶莹。

蹲下,是在向生命低头,是在向自然礼赞!

捡起,是洗涤尘俗的心灵,是珍惜脆弱的坚贞!

岁月静好,如那悄悄落下的树叶;人生平淡,毫无感觉中已走入永恒!

2014 年 6 月 15 日

# 难忘 1982 年

总有些时间节点在你人生中永驻；总有些经历会刻骨铭心；总有太多的过往，如风吹草地水过沙滩，消失得无影无踪！记住该记住的，须感恩生活；忘掉该忘记的，要轻装前行。路还长，要慢行！

  如果用一条河流来形容人的一生，这条河流且不论长短宽窄，其一些基本的要素都是一样的，都有其发源地、结束点，还有她中间最精彩的一段，弯弯曲曲，翻山越岭，历经坎坷，阅尽风景，都有其漫长而痛苦、惊险而浪漫地向前奔流的过程。

  我的人生之河现已流过了一大半的路程，其间自然也不乏几朵稍有趣味的浪花。我人生河流的起源在九朝古都洛阳，家住河洛大地伊河南岸一个不起眼的小村庄——偃师市李村镇杨湾村，距伊河主河道不足两公里，自然而然村子里杨姓居民居多，村名和杨姓来源无从考证，但在我十五周岁的时候，人生中经历的一件大事不能不占据重要的一席之地，这就是最最难忘的 1982 年。这一年，我经历了一场洪水的洗礼。

一

  这是一场人生的灾难，更是人生的一次磨砺，曾经沧海难为水，有了这次经历，我的人生丰满了许多，也平顺了许多。

清楚地铭记着，1982年8月20日正午时分，天上淅淅沥沥地下着小雨，一场灾难正悄悄地逼近我们这个古老的小村庄。

刚吃过午饭，防汛队员传来消息，伊河河水上涨十分迅疾，要求村民做好撤出村子的准备。

我们村子有高高的寨墙，北门、西门和东门本身就高出地面两米多，加高加固相对容易，因而只要把南门用麻袋加固，应该说是固若金汤，一般的洪水应不会造成威胁。所以，村里组织青壮劳动力加固四个寨门，村民们并不慌张，也都没有放弃村子向外转移的打算。

当时的我刚刚初中毕业，只能充当旁观者的角色，跟随着许多人登上寨墙，观察水情的变化，其实只是在看热闹寻刺激。往年汛期的时候，我们也经常到河堤上看洪水。偶尔水情较大的时候，我们也会登上寨墙观察村庄外的水情变化。但一般情况下，也就是深一米左右的洪水绕村而过，只是对秋季庄稼造成一些毁坏，特别对西瓜、花生、豆类损毁较重，大水退去后，对玉米、水稻等农作物影响很小。

但这次的洪水显然来者不善，上涨的速度明显不同往常。南寨门已经进水，必须立即撤出村子，这与我们观察到的情况完全吻合，水势十分凶险，洪水已快没过村外玉米的顶梢了。

撤！

回到家中，家长已经在焦急等待着。几分钟时间，我唯一做的一件事就是匆匆忙忙地把我们家最值钱的一件家电，也是我最珍爱的家用电器——一个大个头的晶体管收音机高高地挂在上房的东墙上。依当时的想法，大不了屋子里进点儿水，但水位不至于会高过两米吧，洪水过后，收音机还可完好无损。然而，这次我彻底地错了。

当时没有手表，计时的钟表也不是家家都有，据我估计，我们从村子撤出的时候应该是下午两点左右。

撤退的路线和场景,犹如昨天,历历在目。北边是河,洪水从西北方向袭来,水从南寨门涌入,唯有东寨门水势较为平缓,也是我们出东门向地势逐步升高的南边转移的最佳路线。

东寨门的水势此时也已相当湍急,大部分地方都是齐腰深的浑浊洪流,个别地方水深已达到脖子的位置,好在村里已经做了应急准备,沿着通往安全地带的道路两边,顺着粗壮的杨树拉上了两道拇指粗的麻绳,人们扶老携幼,相互帮助相互鼓励着,紧紧地拽着麻绳,小心翼翼地往前挪动着步子。

在往外撤退的途中,我还在暗自得意,自认为把收音机高高挂在墙上是聪明的选择,若是带在身上肯定早已泡坏。在湍急的水中虽然仅仅行进了几百米的路程,但我也付出了一定的代价,我的一双鞋,也是我唯一的一双球鞋被水冲走了一只,我光着一只脚撤到了安全区域,在距村子一公里多的地方停下了脚步。

可谁承想,刚喘息不到一顿饭的工夫,就从我们被淹的村子方向传来了枪声。随之而来的消息让我们又如惊弓之鸟,继续狼狈不堪地往更安全的地方转移。据说,上游的陆浑水库已达警戒水位,要开闸泄洪,更大的洪峰还在后面。也因此,我们匆匆忙忙又向南面撤退了三公里,到达了乡政府(当时叫人民公社)所在地。到达此地,村民们才收住阵脚,等待消息。

二

我想用以下几组镜头来表述这场洪灾对我人生之路的影响,或者说对我人生态度潜移默化的作用。

两天之后,洪水逐步退去,禁令刚刚撤除,心急如焚的乡亲们便疯一样地冲回村子,我也随着人流回到短暂离开了两天的村庄。灾后的村子让人目瞪口呆,甚至有很多妇女和老人失声痛哭、涕泪纵横。

眼前是房倒屋塌,一片狼藉。偌大的村子,东西四条街道,约二百户人家,仅剩下几座孤零零的房子,好像在向人们诉说着这里曾经经历过的洗礼。

1982 年,刚刚开始改革开放,村子里比较富裕的几家已经翻盖了房屋,土坯墙换成了砖墙或水泥块墙,除这几处房子幸免于难之外,其他占绝大多数的土墙房屋都未能逃脱灾难。

进村的洪水并不大,村子靠南地势较高,漫水也就不足一米,所以村子南部幸存的房子就稍多了几间。村子北部地势较低,房子进水基本在两米高左右。我家就在村子的最西北角,因此,我家的四间半厢房和三间上房、一间灶房全部被水泡塌,完全成为一片废墟,根本找不到家的原来模样。

街道的形状还能分辨得清楚,大部分人家都是一层土瓦房,倒塌之后并没有严重堵塞街道。浑浊的洪水虽已退去,但村子里仍然积聚着齐膝深的污水,水面污浊不堪,靠街边的地方漂浮着厚厚一层庄稼棵和杂草,间杂着大量已变质腐烂的瓜果蔬菜,还有一些鞋帽衣袜等点缀其中,看上去花花绿绿,偶尔还见几只淹死的家禽,完全一幅脏乱恶臭不堪入目的景象。

大人们痛苦、悲伤甚至痛哭,而当时以我十五岁的年龄,则完全是一种好奇、好玩的心态。

大人们觉得,生存、生活的全部家当毁于一旦,一些祖传的东西也被这场灾难无情地夺去,忧虑以后的生活又该如何度过。而我最牵肠挂肚的是我的收音机,两天之中,我无数次地祈祷,我的收音机、我的宝贝甚至等于我当时生命的全部,可不能有任何闪失。我时刻都在想,收音机挂得离地面那么高,我是站在高凳子上挂到上房东墙上的,一定不会被水泡了。可一进村子,越往家走心里越是不安,快走到家时我已完全绝望,哪还有房子,我的宝贝一定命丧这场洪水了。果不其然,我家的房子全部倒塌,我已记不起当时我是否掉泪,但我知道,我的心里难受极了,我最好的伙伴,也是我们家最珍贵的一件家用电器,就这样被洪水吞没,被自家的上房深深埋葬。

三

救灾的经历让我终生难忘。

救灾的过程紧张、辛苦而漫长,目的是在废墟中抢出更多的财物和粮食。

所谓财物,无非就是些生产资料、生活资料。粮食则是第一抢救目标,必须尽快从倒塌的房屋中扒出被水泡过的粮食,运到安全的地方先晾晒干,以备生活之必需。然后就是日常生活用品和衣物等,其他有点儿价值的资产则寥寥无几。第二阶段主要是抢救建筑材料,以木料为主,如果木材在水中浸泡、在土中埋藏时间久了,就会影响其使用功能,当时一根椽子对我们这种家庭来说都举足轻重。换句话说,盖间房子,如果缺少一根椽子,恐怕需要全家几天的辛苦劳动才能换来,因此,盖房子的时候,东家借一根椽子,西家借几十块砖、百十片瓦的情况,在那个年代很是常见。

救灾的经历也非常丰富,仅举两个小例子来记录这段令人难忘的历史。

第一个是晚上休息的场景,恐怕很少人能有这种经历。刚开始救灾的那几天,由于任务太重,需要争分夺秒,是与时间赛跑的关键时刻,再则也没有安身之所,因而我们一家老小,以及村子里大多数家庭,都是在灾后的老屋附近安营扎寨,那种奇葩的睡觉经历至今想来都让人觉得不可思议。

　　因为当时很难找到一块干燥的地方，所以我们都是找几块水泥块垒成高凳子样子，坐在上面，或找一棵树作为靠背，用双手托着脑袋。因为太过疲劳，身体必须得到休息，即便是这样的"睡姿"居然也能迷迷糊糊地睡着。

　　漫长漆黑的夜里，休息中受到的侵扰一直不断。首先是蚊子的袭击，人毫无防护，脚下是深深的淤泥，身上是脏兮兮的衣服，头和四肢完全裸露在外，处于大群蚊子的包围之中，是一种完全开放的受攻击状态。唯一能采取的保护措施就是在身上擦抹难闻的大蒜，但仍然难以抵挡蚊子的攻击，每天身上都被叮得大包套着小包。

　　最好笑、最尴尬的还不是蚊虫叮咬，而是在睡着的过程中，一晚上总有几次一头栽倒在淤泥中的情况。在睡得最香的时候，可能是双手麻木，或其他原因，双手的支撑突然滑落，脑袋失去平衡，就会一下栽倒在地，而脚下是很深的淤泥，虽然不至于碰伤头部，但总是弄得满头满脸淤泥。只要没有糊上眼睛和嘴巴，我们没有别的更好的选择，还是按这种方式继续休息，大人们栽倒在地的次数就少些，这也是我人生中难得的几天以坐姿睡觉的经历。

　　第二个是扛椽子，也令人记忆深刻，感触颇深。救灾进入后期，搬运建筑材料成为主要任务，为什么单说扛椽子呢？第一，是椽子分量相对于大梁、檩条等较轻，一根重五公斤左右，小孩子可以扛得动；第二，主要还是怕丢失，虽然民风淳厚，但灾后人们都是一穷二白，面朝黄土背朝天的老百姓，特别在这种极度艰难的情境之下有这种担心也属正常；第三，当时灾后道路都还不通，无法用架子车搬运这些物资，主要靠人力方式运输。

　　当时哥哥十九岁，已经高中毕业，将要承担起家庭的重担。弟弟才八周岁，刚刚上小学二年级。我居老二，正好是初中毕业，参加过中考，在家等待考试结果。于是，像扛椽子这类活计就落到我们弟兄三个的肩上。一间房子的椽子有好几十根,可想而知,八间瓦房仅从废墟中扒出的椽子就有数百根之多,因此,搬运椽子的工作量很大。

为什么记忆犹新?老大走在最前面,肩扛三根长长的椽子,我居中间,扛两根,小弟瘦小的身躯、低矮的个头只能扛一根。如果当年此情此景有照片,那这张照片本身就极富生活气息,若能参加什么摄影比赛,加上背后的故事,获得大奖还是很有希望的。单回忆这个画面,很美又很凄苦。受灾的老屋距离新规划的新家有近两公里的路程,一趟下来,中间不知要调换几次肩头,就这样,我们一趟又一趟,肩膀红肿、双腿发软、筋疲力尽,反正我都没支撑下来,可以想象当时我的小弟是多么坚强。

记忆深刻,还有一个更重要的原因,就是我有了初涉人生之路的思考:人生如蚁,难道不是吗?我们弟兄三个,像极了三只辛勤劳动的小蚂蚁,搬运着食物,坚强地坚持着,一步一步,再大的困难和障碍也阻挡不住行进的步伐。从我十五岁,从我数天如一日地搬运椽子,我就看透了人生的艰辛。人生如蚁,需要前行不止!

四

灾后重建的经历让我受益无穷。1982 年,我迎来了人生很重要的一次转折,以优异成绩考上了高中,我离开村庄来到集镇上的偃师第六高级中学,自此掀开了人生迈向更广阔天地的新一页。家庭经历大灾之后的三年高中生活,快乐而充实,紧张而有趣,自卑而坚强。

农村的家,在临时搭建的草棚中坚持了四年多的时间,生活的清贫可想而知。

在学校,同学们住的都是地铺,倒也没有多大差别。一间间大教室作为学生宿舍使用,一间宿舍可以住二十几个学生。我记得很清楚,南北靠墙靠窗分两排住宿,一个人紧挨着一个人。当时的校舍都是两层楼,一层是泥土地面,二层是木板做成的楼板。我们为了冬季更暖和一些,在地板上铺了一层厚厚的麦秸,然后铺上宽窄各不相同的草席,脚头摆几块砖头堵上麦秸,不让其到处乱窜。

住的差不多,吃的差别却很大,因为虚荣心作祟,"吃"曾让人很是难堪,也因之让我终身受益。

绝大部分同学都来自农村,学校的条件虽然不好,但是有食堂。不过,真正能全天候吃食堂的同学也没有几人。

一般的情况,都是星期天返校的时候带够三天的干粮;若是冬季,则可以带足一周的干粮。距家较近的,周三晚上可以回家,周四早上及时返校,不耽误上午上课。也有部分同学,由家长在周三或周四把干粮送到学校。

我家离学校只有四公里的路程,一般周三回家一次。背来的干粮,大部分是蒸馍,用黄色军用挎包或自家缝制的布袋装着。到校后,把它挂在宿舍的土墙上,吃饭的时候取出一个或半个,然后拿着茶缸到伙房排半天队,在大铁锅中舀取一些开水就着吃。更多的时候,很多同学是喝不上开水的,也因此,舀开水更像一场激烈的战争,同学们争先恐后,拥挤不堪,所以发生过烫伤人的事件。在这之后,水从来也不烧开,只有六七十摄氏度,主要是怕打水拥挤而发生更严重的伤害事件。

最后不得不说说让人难堪的事。大多数时候,我同大家一样,带的都是白面馒头,也有时候带的是两掺的蒸馍,就是小麦面掺杂三分之一的玉米面,这个时候还不明显,同大家没有太大的差别。

但也有极个别的情况,肯定是家里一点儿小麦面也没有了,在街坊邻居、亲戚朋友处也借不来了,万般无奈只能用玉米面蒸馍,当时我们叫虚糕,其做法是把玉米面团成圆饼状,四五公分厚,摊在蒸笼上,用筷子在面饼上扎一些透气的小孔,蒸熟出锅后再用菜刀切成方块形状。

在那个年代,不少农村家庭吃虚糕恐怕是家常便饭。吃玉米面饼、红薯面饼或窝窝头,甚至一天三顿以红薯为主都很正常,只有逢年过节能吃上白面馍,或有什么喜事才会偶尔改善一下生活。

也就是带的这种干粮让我很难为情,当然这完全是虚荣心作怪,吃饭的时候,总是躲到一边,偷偷摸摸,像做了贼一样。现在想起来那种情景还忍俊不禁,别有一番滋味在心头。

虽然心中不爽,但我好像比较懂事,从来没有因为带的干粮较差而与家里闹过别扭,也从来没有埋怨过家里。一贫如洗的家庭条件,由不得我去挑三拣四,更由不得我去追求那些虚荣的东西,只要能吃饱肚子,维持一个健康的身体,把学业搞好才是最为关键的事情。当时自己年纪尚幼,心里的委屈、背后的泪水,最终均化作了奋发向上的动力。

五

正是这段时间的丰富经历,给我一生的成长提供了足够的精神营养,让我无论遇到什么样的情况,都能够坦然对待、冷静处置。我想,人生成长道路上遇到的考验和挫折,自己之所以能够视之淡然,一方面可能还没有遇到足够糟糕的坎坷、挫折或失败,另一方面,也可能与人生这段时间所受到的磨炼有些关系。

因此才有人说,生活给了你安逸,是你的幸运,但你不能脆弱;生活给了你磨难,你受到了煎熬,生活得痛苦不堪,但你往往会变得坚强,会更加珍惜来之不易的幸福平安。福祸相依,贫困不移青云之志,幸运更要谦恭珍惜。是故,我反而因这场灾情得益匪浅,强健了筋骨,补足了精神之钙。

六

伊河溃坝，是灾情过去之后，我们才在决堤现场看到的，仅我们自己村子范围内的河堤决口宽度就达二十几米。至于是否还有其他地方决口，其他村子受灾情况如何，因为当时信息闭塞，很长时间无从得知。后来才知道，在我们这段流域，只有我们一个村庄遭受了这种灭顶之灾。

1982 年，这个特殊的年份，一场不大不小的水患，摧毁了我自小生活居住的家园，却让我的身体乃至精神的堤防变得更加强健，我相信，难忘的艰苦岁月必将陪伴我走好这短暂而又漫长的人生征途！

2014 年 8 月 20 日

# 我心目中的教师

养育之恩、教育之恩、化育之恩、帮扶之恩——唯有师者，在很大程度上影响人一生的前程命运。回顾坎坷人生路，谁的教诲陪伴终生？

秋高气爽，朗月高悬，正是思乡思亲的季节。

因为回家乡参加一个文学笔会，文人骚客正高谈阔论"他乡何曾非故乡，月照两乡同清明"，席间数位作家都曾有过从教的经历，或正在教育岗位上从事着神圣的教书育人工作。而我本人人生的第一份工作也是教师，还有更深层次的原因，就是我一生的命运因一位教师卓有成效的教导而大有改变，因此，心生许多感慨。

赞颂教师的文字如汪洋大海，表述师生情怀的作品也浩瀚无穷，我心目中教师的形象，我对教师崇高职业的理解料也难脱窠臼，但还是想说一二。

"三人行，必有我师焉；择其善者而从之，其不善者而改之"，说的是人要谦卑，每个人的周边，甚至几个人当中就有自己的老师，各人都有各人的长处，都有需要学习请教的地方。

"师者，所以传道授业解惑也"，此话把教师基本的职责阐释得淋漓尽致：传授道德道理，教导从业技能，解答人生疑惑。然而，师傅领进门,修行靠个人。同样的学校、同样的先生、同样的教材、同样的教法,有的学生学到了真经,有的学生学了点儿皮毛,有的学生甚至一无所获。

"一日为师,终身为父"的说法,把老师敬若父母,视老师如至亲,倡导的是尊师的理念。

"有教无类"则是中国最伟大的教育家孔圣人提出的一种普遍受教育、公平受教育的教育思想,影响巨大。孔子学院遍布全球,这也是当前中国元素远播海内外的最有力证明。

人要成功,需要几个基本要素,比如,个人努力、名师指导、贵人相助、对手相激、环境相逼等。其中名师指导是支柱之一。在人生前进的道路上,对你有过重大影响或重大帮助的教师,你能说出几个呢?

从中学开始,教导过我们的老师不下几十位,但真正有点儿长久印象的恐怕少之又少,能够终生铭记的,很可能就是所谓的名师,或恩师了。

我一辈子也忘不了的,是我初中三年级的语文老师,我们的班主任李正声老师。李老师是当时的人民公社教育组从附近学校调配到我村学校担任初中毕业班班主任的,他给我们上的第一课就完全改变了许多人一生的命运。我记得还很清楚,当时他给我们详细讲解了《毛泽东主席给他侄儿的亲笔信》,这封信共二十一条内容,全是教育青少年如何做人的信条,有点像传统教育中的《弟子规》之类,不过更容易理解,更容易入脑入心。

后来我们这届学生大多学有所成,特别值得一提的是全班二十几名毕业生有一半上了高中,高中毕业时又有三名学生考上了较理想的大学,这在 1985 年我们这个小乡村放了一颗不大不小的卫星,也是我们村子出的头三名本科生,在周边的村村寨寨都颇有反响。

那么我心目中的教师应该是什么样的呢?

要有辨识璞玉的慧眼。好多人才甚至天才的成长都是打破常规的,偏科怪才往往能够出奇制胜,但我们的教育体制特别是遴选办法却对此难以正确处理,这就要求教师能够在众多学生中发现有潜力的苗子,这些人往往对某一科特别感兴趣,特别肯钻研,而对其他科目则提不起兴趣。其实这些学生中有很多将来都会成为专门人才,需要好的老师加以正确的指导,或把他们的弱项适当地补上来,或走术业有专攻的道路。如果遇不到好的老师指点,现在的考试选拔制度很可能就扼杀了许多学生的天性。

要有因材施教的手段。一班学生,性格不同、经历不同、兴趣不同、志向不同、家教不同、潜质不同,如何针对不同的情况分别施教,让学生共同成才呢? 其实,家长把学生交给学校,不仅仅是一种好的期望,有时还有一种赌博心态,盼望着分到好班级、遇到好老师,不仅能够把学生培养成能考高分的好学生,还要能把学生培养成性格完整的理想人,前者是显性的,可量化,后者虽也呈显性,但隐性因素更多,关键是不易量化,短期看不出教师的水准,功利型的教育体制暗示并影响了教师的选择。

要有平等待人的胸襟。好学生众星捧月,老师重点培养,学校重点关照;成绩相对较差的学生无人关注;有些十分活跃的调皮学生,极个别的老师还想尽办法将其调至别的班级。这不是合格的老师,学生有天资的差异,要能够让厌学的学生培养起兴趣,或让活跃的学生发挥特长,从而激发其内心正能量,走上进步的道路,这才是一名合格的老师。那些对成绩好的学生关爱有加,对一些相对落后的学生不管不顾甚至放弃教育、横加歧视的老师,不是好老师。不管你升学率有多高、培养了多少高才生、获得了多少荣誉,没有平等对待学生的胸襟,都不是好老师。

要有启发育人的理念。启发育人能培养人的正确思维,填鸭式教育则阻滞学生天性的发挥。香港科技大学只有短短二十多年的发展历史，但其发展速度和社会影响力已超过内地倾举国之力、聚全国英才重点打造的一些高校。究其原因，可能主要是因为港校与内地院校在育人模式、管理理念等方面存在诸多不同，这不能不引起我们的深思！我们的教学方式，或者价值引领方式，似有诸多亟待反思、修正之处。

要有育人全面成才的道行。教师，教人成才为首要职责。官方说法，德智体美全面发展。我认为，一为做人的道理，二为做事的道理，而这两项又都无法轻而易举地考量，因此，考试还是首先要考虑的因素。但是，作为教师也要先教学生如何做一个性格完善的人，让学生学会正确的思维方法，学会正确的价值判断，再传授那些应知应会的书本知识，这才是一个优秀教师的标准。

要有安贫乐道自由出世入世的操守。教师虽然已成为受人尊敬的职业，但其物质待遇还是无法和社会部分畸形的价值观相匹配。以吾之度量妄猜，教书育人这一职业还会让较多的人心有不甘。安贫而能乐道，不是愚人精神的鸦片，而是一种真正为了理想信念而忘小我、轻私利的大悟，是那种"回也不改其乐"的真性情。

教师职业天生注定了需要无私奉献的精神，需要甘为绿叶的操守。物质的丰富与精神世界的丰富相比，最终起决定作用的还是精神世界的丰富。教师要能够安于精神的富足，心甘情愿地为人类的进步、社会的和谐、国家的强盛尽到无愧于人民教师光荣称号的职责！有人说，多建几所学校，社会就会少一座监狱；学校多一名合格的教师，就会为家庭为国家培养出更多合格的公民，也就会有数个家庭始终保持和谐平安！

值此教师节来临之际，向尊敬的教师致敬！并谨以此文与诸同道共勉。

2014 年 9 月 3 日

# 樱桃园偶得

花开无言其实在诉说着衷肠,累累果实称量着园丁的汗水,这个世界从来没有免费的午餐,没有无缘无故的爱,也不会有无缘无故的恨。万事皆有缘,缘起了,心波微风漾;缘灭了,心静如止水。

"樱桃好吃树难栽,不下苦功花不开",这传唱悠久的歌曲,仿佛是从千年之前的世外桃源随风飘过来的,早已经在人们的心头扎下了根脉。

一次偶然的采风,却让我一睹在心灵深处神游已久、鲜花盛开的樱桃园盛景。

清明节后的第二天,春光明媚,草长莺飞,我跟随文学界的众多朋友,来到了嵩岳少室山南麓一处绝美的百亩樱桃园。

甫一进园,就颠覆了我的传统认识,看来是樱桃好吃树也好栽呀,这么恣意汪洋盛开着鲜花、一望无际的樱桃园,说什么也不像是歌词中唱的那样珍奇稀有,在如此沙化贫瘠的土地上长得风生水起,郁郁葱葱,绝不像经历了多少沧桑、受尽了什么磨难。

心中疑问陡起。我匆匆经过花巷,对花海中惊喜赏花的文友和那些扛着长枪短炮摄影拍照的摄影师已经视若无人了,三步并作两步,我第一个找到了这里的园艺师。

园艺师是附近的村民,一个典型的农村妇女,四十多岁的年纪,体形偏胖,素淡的农民装束,额头上深深的皱纹显然是岁月留下的印记。

我迫不及待地抛出了我的疑问:樱桃树好不好管理?是不是真的很难栽植?

短短几分钟时间的交流,我获得了完全出乎意料的答案。

她说,这些樱桃树就像她养育的儿女一样。樱桃树的确很难栽植,如果用种子繁殖,异常困难;即便栽种树苗,对环境的要求也近乎到苛刻的程度:温度不能太高也不能太低,天气不能太旱也不能太涝,地不能太肥也不能太薄,在这比较贫瘠的沟地上种植,人工控制的难度更大。可想而知,侍弄这些娇贵的树苗需要付出多少心血。

无意中,我有了更惊讶的发现。这位园艺师,有一双争气的儿女:老大是女儿,在法国留学并参加工作;老二是儿子,留学比利时,毕业后在比利时参加工作。

这真大出我的意料,经常听说一些所谓的官二代、富二代纷纷留学海外,并有很多媒体刻薄地报道一些留学垃圾,但想不到,山沟里飞出了一对金凤凰,货真价实的金凤凰。谁说贫瘠的土地长不出好的庄稼?这位世世代代居住在偏远山村的园艺师难道从小就是栽培樱桃树的高手?

这是一个巨大的反差,又是一个绝佳的讽刺,谁能想象到一个普通山村妇女的一双儿女竟全部留学海外?

联想到自己和五彩斑斓的社会,我十分惶恐。

因此,匆匆地用手机照了几张盛开的樱桃花,就慌不择路地逃离了这无言的花海。

2012 年 4 月 12 日

# 樱桃园的寂寞

灵魂的孤独造就精神的高贵。未经过孤独历练,总难以脱颖而出。感觉到孤独而非无助,即便未到顶峰,却早已走出低谷。

去年在樱桃花开得最艳的时候,有幸亲临花海感受那漫天遍野的浪漫,那个醉哟,让我一个季节都走不出花的包裹。

更难以忘记的是,从那个樱桃园园丁、一个朴实而又普通的农妇身上感受到了强烈的震撼。她养育了一双优秀的儿女,两个孩子都留学国外,将来很可能成为社会的栋梁。当时,我惊叹,在如此贫瘠的沙土地里会生长出这么几百亩长势喜人、品种优良的欧洲大樱桃,在这么一个普普通通的农家会培养出这么一对展翅飞翔的金凤凰。

今年的夏季,传奇在继续,神奇的故事继续延伸。一个绝对偶然的机遇,在一个朋友的宴会上,我竟与樱桃园的主人不期而遇。世界真大,想见面的见不着;世界真小,有缘的人总会相见。应了无巧不成书的机缘,我还真与樱桃园的创业者老贾坐在了一起。

老贾的一席话,不仅对我是个强烈的触动,相信对芸芸众生都会有一些触动。

话题不自觉地落在了人生之路。

有的人一生平顺,运气很好,求学一帆风顺、婚姻一帆风顺、事业一帆风顺。让大家举例子,身边似乎都有,但往往是普通人居多,难有出类拔萃者。

当话题回到在座的诸位身上,突然间,大家的共同语言多了起来,既有落寞英雄惺惺相惜之意,更有物以类聚人以群分之感,一句话:人生多舛甚不容易。好像一下子打开了尘封多年的闸门,无数的委屈抱怨和苦水夺门而出,甚至汹涌澎湃,似水管爆裂如岩浆喷发,一下子把气氛烘到了极致。

人生之艰难,一点都不亚于《西游记》中唐僧师徒取经过程间所遭遇的九九八十一难。

其中樱桃园主人老贾的几句话最简单,对我的触动也最直击内心。

老贾说:引进欧洲大樱桃这个项目,犹豫了两年,考察了两年,目前我的樱桃园,在种植大樱桃方面属当地规模最大,已成为省级农业产业结构调整示范基地。我的前八年是如何支撑下来的?硬撑着,没有任何收益,每年都需要大量资金投入,作为一个农民创业者,走过的路大家可想而知。

我惊讶之余,再一次真正地感觉到创业者的艰辛和无助,感受到每一个成功者的背后都有一串长长的感人故事。他的难,可能在于无人理解时的孤独;他的苦,可能在于弹尽粮绝时的无奈;他的路,可能在于山穷水尽时的徘徊;他的梦,可能在于眼看着收益遥遥无期时的绝望;他的泪,想必早已经被生活的磨砺耗至干涸。老贾坚定的目光沉稳的举止轻松的话语,证明他是生活的强者,是我眼中顶礼膜拜的楷模。

即使所有优秀的东西都不讲,仅仅一个耐得住寂寞,就足够我们每一个人品味许久甚至受用终身了!

　　人其实都挺害怕寂寞的，哪怕历史上那么多所谓的隐者，全部无出其右，包括不食周粟隐居首阳山的伯夷、叔齐，包括不受君位的高人许由，包括"采菊东篱下，悠然见南山"的陶渊明，他们享受或享有的寂寞，其实往往是一种无奈。

　　高人隐士自有其内心思想的高远，隐只是一种手段，也有真愿隐居山林的，但这些人都因为真隐而不为人知，也没留传下来什么痕迹，倒是如隐者中的榜样伯夷、叔齐，在得知周武王伐纣的时候，还是匆匆忙忙赶到征伐部队前面，诘责武王不孝不仁，劝阻其放弃伐纣，其实这两个贤人还是想表达自己的思想而不是想真正地隐居下去不问世事。箕山许由呢？他认为尧劝说他接受禅让的嘟囔话脏了他的耳朵，于是跑到颍水边去洗耳朵。这时候恰巧巢父牵牛经过，听罢此事撇嘴一笑说："你快别假装高人隐士了，你若真的是隐士，自己悄悄待在山里，谁又会知道你呢？像你现在这样，搞得满城风雨，连天子都知道你的名声，你还好意思说自己是隐士吗？"巢父一边往上游走去一边说："我的牛要到上游喝水，别让你洗耳朵的水脏了牛的嘴。"真是一语道破天机。陶渊明也是政治上不得志用隐居以明志罢了。

　　生活中的我们又何尝不惧怕寂寞呢？我们又是如何对待寂寞的呢？其实身边人特别像老贾这种创业者给了我们很多有益的启发。

　　人生处处皆寂寞，静寂之处有收获。度过寂寞难耐时，不得道来也成佛。

　　一生要经历无数个寂寞阶段或寂寞事件，最简单常见的是日常生活中不被理解的时候，每个人都会遇见，并且是屡见不鲜，大人物大能耐者叫生不逢时、怀才不遇，小人物则叫生活的烦恼、生活的考验。

　　人本身就是群居的动物，人类发展的历史也是村镇化和城市化的历史进程，人不断地聚集就是不愿孤寂或不敢独处，当然身体的独处和灵魂的孤独还不是一个概念，正常的人都是社会人，不会把自己完全封闭起来,完全与世隔绝的人几乎不存在。

自己不被人理解的时候,我们也会感到非常孤寂,而太多的时候这种寂寞你还无从诉说,只能靠自己来调节情绪、自我排解。这些比起来那些坚持还是放弃、是生还是死的孤寂要容易得多,因此,老贾的一席话,我受益很深。我们经历过的或正在经历的其实都是生活中的一些浪花,只会让我们的人生更厚重更有意味。

耐得住寂寞,也便修得了真性。为自己的坚强喝彩吧,每一个寂寞都会开出一枝绚丽的花朵,跨过去今天,明天一定会更好!

2013 年 7 月 1 日

# 玉皇沟探险

无限风光在险峰，人迹罕至的地方，往往蕴藏着无尽的宝藏。但在征服的途中，也潜藏着无尽的风险。

清明节假期的第一天，我和同事两家人结伴登山探险，来到旺盛生长着草药和野菜的玉皇沟景区。

一路上风景秀丽自不必言，野菜和中草药还真多。野蒜、野韭菜遍地都是，山药、地丁、元胡、茯苓也随处可见，边看边摘边聊，顺着山沟不知不觉来到了大山深处，一看时间，三个多小时过去了！

前边风景越来越险，野韭菜也是越来越好，肥厚的叶片筷子宽，浓绿的颜色如墨染，一片老叶也没有，菜市场上从未见，整整一路我们是赞不绝口！

到了第一处难关，山沟中的一处陡壁，还好，顺着右壁有两个人工凿出的脚窝，还有两处用铁环做成的拉手，依靠前人安装配置的工具，没有费太大的力气，我们就攀登上去了！站在巨人的肩膀上，利用前人打下的基础，毫不费力就可轻松前行。我们的人生之路，不正是如此嘛，前人栽树，后人乘凉。行路到此，感恩之心油然而生。

第二处险关，难度陡然加大！直上直下，绝壁有十几米高。是继续前进,还是就此回头? 反正野韭菜我们都已装满了大包小包,即使就此返回,也是满载而归。短暂商量后,我们一致决定,上! 这处绝壁有三级,第一级有铁链,上到中部以后,凹进去大约一米,是个只能钻下一人的石洞,或叫石缝,钻过去也有一定难度。然后又是铁链攀登,攀上去难度较大,但只要有足够的臂力,只要精神高度集中,安全问题不算太大。但等登上之后,回过头一看,不禁感叹:这种山路,只能前进,没办法回头。

第三处险关,靠山沟的左侧,突兀的岩壁上根本没有任何台阶,也没有前人人工加工的痕迹,距离地面有三米多高,地上全是乱石,怎么办? 一旦失足,摔下来可是要伤筋动骨。但,退的念头一闪现,就考虑到第二道险关有进无退的架势,我们只有豁出去了,走,没有退路,只有前进! 前面几个人小心翼翼,经过努力都过去了,但最后一名成员却无论如何努力,尝试了各种各样的办法,也没法过去。怎么办? 没法回头,只有想办法。况且我们认为,这可能是最后一个难关了,过去可能就是坦途,所以我们一定要想办法把最后一名成员给整上来。努力了很久都无法通过这段绝壁,我们几乎要绝望的时候,还真是天无绝人之路,在沟的正中间,一片乱石中间,垂直上下,岩缝中有一个小洞,刚刚能容纳体形较瘦的人钻过。问题得到了解决,我们从上边共同努力,硬生生把最后一名成员给拽了上去。弄上来后,我们哄堂大笑,不仅是因为他的衣服上沾满了泥土灰尘,更搞笑的是他的裤子已经掉到了脚脖子处,只剩下可怜巴巴的内裤守护着主人的尊严。

笑过之后,我们收获了一种征服的快感。走,继续登顶,决不回头!

又一处出乎意料的险关,再次考验不期而遇。过一处说一处,反正回头路是不能走了。这一处也是峭壁上连续三级攀登,有多么艰险我已描述不出,反正一失足,不是粉身碎骨,也会摔得筋断骨折,至少也要遍体鳞伤!

这一关总算又过去了,谁知道前边还有什么在等着我们呢。

山上的人的说话声越来越清楚,仿佛就在身边,我们也越来越兴奋,快了,马上就要成功登顶!

山沟越来越窄,两个人已不能并排而行。但就在成功在望的时候,又一处难关竖在眼前,狭窄的山沟被一块巨石挡住了去路,怎么办?不能半途而废!我再一次冲上前,先探探路,让队友们稍候片刻。

经过异常艰难的努力,并冒了很大的风险,我终于爬上去了。真是别有洞天,上去以后我惊呆了,陡峭的狭窄的山沟根本没有路,连直起身子行走也不可能,我又往上爬了几米,前边又是一块巨石堵住了山沟,我继续研究摸索了一会儿,感到还是没有办法通过,又考虑到我刚才通过的这一关恐怕同伴都没法通过,经过权衡,只有放弃。按我们的能力和装备,我们绝对没法征服这道难关。

伴随着巨大的沮丧和挫败感,再想想回头路怎么走,莫名的恐惧感很快就笼罩了我。

后边的经历,想起来后怕,说起来恐怖!

已经筋疲力尽且弹尽粮绝,但我们一行终于于晚上六点半顺利出山,回到了安全地带。

我为有这样一次经历而感到自豪!虽然相比于真正的探险、历险,这些都不值一提。

这次探险,我们虽然没有登顶,但是也收获颇丰。

2013 年 4 月 10 日

月照莲蓬

月光疏淡，
随意洒遍荷塘。
俏皮的蛙儿，
总是奋不顾身，
扑通、扑通，
一次次跳下，
朝着那晃动的莲蓬。

姣美的水中月，
是美丽的陷阱；
那恍惚的影，
是吴刚捧着桂花酒，
献给他梦中的新娘。

# 岳母的油馍

父母可以养活多个子女,多个子女
未必能妥帖养活一对父母。父母终生
为子女操心服务,父母是子女的牛马,
子女是父母的冤家。缘来缘去,缘起缘
灭,善待父母,莫留遗憾。

妻子驾车,我们趁短短的端午假期,回一趟久违的老家,探望双方
的父母,聊表绵薄的孝敬之心。

本来端午时节正是酷热难耐的时候,因刚刚下了一整夜小雨,天
气比较凉爽,我身着短衫短裤,沉浸在舒缓轻柔的音乐中。雨后的道
路干净而宽畅,交通极为便利,我们很快便从嵩山之南的登封市,来到
了我的家乡——洛阳偃师。

在车上,我一直想着,回到家先去喝一碗羊肉汤。每次回家,老家
李村街上的羊肉汤是必喝的,属于"保留节目"。

为什么喜欢老家的羊肉汤?

多年出门在外,走南闯北,大城市的羊肉汤,老字号的羊肉汤,比
较排场的羊肉汤,林林总总,喝过的也不算少,论哪一个方面,都与老
家的羊肉汤不可同日而语。一方水土养育一方人,习惯了那种简单质
朴,也便印在心中,任凭过了多久,这种记忆也涂抹不去。

最早的记忆,可以追溯到三十多年前,应该在 1978 年前后,那时

的人民公社所在地,逢农历的四、九日都有集市。

集市上最多的饮食摊点有三种:一种是卖大绿豆的,大概二分钱就可以买到一小勺,煮熟的大绿豆用作料调好,数十个晶莹剔透像珍珠一般,用一小片报纸或草纸卷成的纸筒装着,然后一个一个仔细地品尝,直到最后一颗的时候,要间隔很长时间,犹豫着总也舍不得吃掉,有点像鲁迅先生笔下的孔乙己剩最后一颗茴香豆时的情状。

第二种摊点,是五分钱一碗的片粉条,不知是不是这个"片"字,但总归是这个叫法。摊主就地支一口大锅,煮好的粉条在里面泡着,显得白花花的,颜色不太诱人,可在当时却像施了魔法,竟然让人垂涎欲滴。摊主根据经验直接用手捞出一把,放在一个瘪瘪的、浅浅的粗瓷碗中,放入调好的汤汁,酸辣够味,连汤带水,一仰脖,香气和清凉也便进入饥肠辘辘的腹中,那种享受终生难忘。

重头戏就是我最爱的羊肉汤了,也是当时最奢侈的盛宴。一般赶集,四乡八邻的人到集市,近者三五里路,远者要走二三十里,带的干粮以烙饼或馒头为主,只有条件稍好点儿的或当天发了市(当天第一次成交)的,才肯花上一角钱喝上一碗热腾腾香喷喷的羊肉汤。寒冷的冬天,喝了浑身暖乎乎的。羊肉汤摊点一般是搭一个大棚,一口大锅架在棚口,热气腾腾,锅中肉汤翻着泉眼似的滚儿,整个的羊架子甚至还有白森森的羊头躺在正中,蒸气四散,香气四溢,着实诱人。喝羊肉汤最大的好处是加汤不收费,这极大地方便了很多带着干粮硬馍的赶集人。在那个年代,庄稼人十天半月难得见到荤腥,趁此机会正好可以美美地改善一下生活。我,也便从这个年代开始,对老家的羊肉汤割舍不下了。

这次回乡,按惯例先来到我们家。因父母均已离世,我们探望了已经七十多岁的养父,然后就往岳父母家里赶。

岳父八十五岁高龄,精神矍铄,思维清晰,只是因为前两年患过一场病,现在行动不便,大多数时间坐在轮椅上,衣食起居都由岳母照料。岳母也八十出头,可身板硬朗,除了耳朵有点儿背以外,还能下地干些农活,逢集遇市还可以到集上赶会凑个热闹,甚至还可以随村子里较年轻的老人们一起拼车,到外地烧香拜佛、诵经还愿。

为了给老人家一个惊喜,我和妻都认可了袭击的方式,一来为了让老人家突然高兴一下子;二来,妻总担心二老的生活太艰难,总想真实地了解一些细节,以便更好地安排老人的生活。

妻平时总担心岳父岳母年迈,单独在老家居住生活不便,多次要求接到身边生活,可岳父岳母又很倔强,总也不肯在我们家小住。

因是端午,妻先行分别到两个姨妈家里小坐,送上了一点粽子等小礼物以表探望,因此到自己家里的时候,已到了正午。

车子刚在家门口停稳,还没下车,年迈的岳父就热切地举着拐杖打招呼。

岳父在大门走道上坐着,仍然是那辆妻子精心挑选的轮椅,轮椅边上放着用两个纸箱垒起来的小方桌,随身听播放着戏曲《朝阳沟》的唱段。岳父见我们回来,自然非常高兴,连忙不住地唠叨:"回来了,也不打个电话,好提前让你娘给买点菜,做点好吃的。"

我们心想,不打电话是为了不麻烦二老。妻说:"做什么好吃的,不用了,我们回来就为了喝一碗羊肉汤。"

当然,这个习惯岳父岳母都清清楚楚。搁前几年,岳父没病时,只要我们回来,他总是骑着踏板摩托到街上去提回一罐,让我、妻还有我们的女儿喝个够。

只是岳父现在已行动不便,要不,说不定还会立即要去街上买我们喜爱的羊肉汤呢!

"也好,看你娘在厨房里忙啥哩,要不,烙点油馍吧。"岳父随口说道。

也是，妻每次单独回老家，总会给我带几张岳母亲自烙的油馍，妻知道我喜欢吃，岳父岳母更清楚。

我和妻进到家中，岳母正在厨房忙活着午饭。岳母耳背，我们和岳父的对话她并没有听到，甚至对我们进入厨房也毫无察觉。

"娘，娘"，妻子近乎喊叫，才让低头摆弄着煤球火炉的岳母发现了站在面前的我们。

岳母高兴地站了起来，用皱皱巴巴的围裙不知所措地擦着双手，口中半是嗔怪半是高兴："回来也不打个电话，家里啥也没有，看吃点啥？"其实，岳母正在给岳父做糊涂面条呢，鸡蛋韭菜都已经炒好，正准备往锅里下面条。

妻说："娘，你做好了，和俺伯吃吧。我们早饭吃得晚，还不饿，回来看看，你们都很好，我们就放心了，过一会儿，我们就走了。"

"你俩先和您伯说会儿话，我这边很快就好。"

⋯⋯⋯⋯⋯

还真是不到一盏茶的工夫，就从厨房飘过来浓浓的香味，是那种葱花和油加热后散发出来的很诱人的香味，闻之不仅让人食欲大振，关键是能回忆起儿时太多的关于美食的往事。

岳父提醒说，油馍应该好了。果不其然，话音刚落，岳母就端上来一盘热气腾腾的油馍，不用说，正是我和妻最爱吃的那种。

岳母烙的油馍，最突出的特色是浓香扑鼻、口味甚佳，柔软得像是一团无骨的肥肉，拿在手中，完全没有了原有的形状。

妻也曾经常在家烙这种油馍，工艺、用料、设施，各方面都很好，可无论如何烙出来的馍都难以这样柔软，吃起来口感和香味自然就差了一大截。为赶上岳母的手艺，妻子没少在这方面下功夫：用煤气烙，不行；加个铁架子，让鏊子受热更均匀些，后来索性专门加工一个用料很厚、非常笨重的鏊子，有改进，但还是不理想；用电饼铛，烙出来的更是只有型,没有软和度。反正用尽各种办法,总是没有岳母烙的馍好吃好看。

岳母烙的油馍,还有一个特点就是起层多,每层像纸一样薄,层层之间散布着细密的葱花,盐和作料均匀分布,火候掌握得恰到好处,让面粉的自然之香和油料作料葱花的调味之香完美融合,就形成了色香味俱佳的一道美食。

岳母已经八十多岁了,还这样手脚麻利,还为我们这些已经做父母多年的孩子精心服务,这些岂止仅仅是让后辈感动?

可怜天下父母心,我们年龄再大,在父母的眼中永远还是长不大、需要照顾的孩子。

吃着岳母烙的油馍,享受着这别样的亲情,忽然,一种悲情像针扎一样刺向我的心脏,刹那间,我猛然就想起了我的母亲,想起了母亲给我们烙油馍的一幕幕情景。

如果我的母亲还健在的话,现在也应该是七十多岁了,也应该是满头银丝、无比慈祥的样子。遗憾的是,我亲爱的一生凄苦的母亲已经在十多年前的一场车祸中离开了我们。

记忆中的母亲,是和农村烧柴火的厨房分不开的,用上煤炉大概已经到了20世纪80年代。

小时候,经常帮大人们干的一件事,就是做饭的时候拉风箱烧火,一边往炉膛里放柴火,一边拉着风箱,柴火太湿的时候,厨房里往往浓烟滚滚,呛得人根本无法在里边待。

但烙馍的时候,往往是在室外,倒十分有趣,先找三块半截砖头,放个三角形,然后把铁鏊子稳稳当当地放在上面,当然前边两块砖头之间稍微宽一些,方便往里面放柴火。

第二步,到麦秸垛上去拽一些干透了的麦秸,这种柴火是烙油馍的最佳选择,易燃烧,火苗均匀,燃烧充分,还没多少废渣,烙出来的馍松软好吃。

小时候，最喜欢干这种活，一边烧着火，一边吃着刚烙熟的热油馍。看着母亲从厨房中把油馍坯抻平擀好后，用擀面杖从中间挑着轻松地放在鏊子上，然后来回翻两三次，最后掂起来已经熟了的油馍，"啪啪啪"在鏊子上磕那么几下，油馍就变得起层且松软了许多，这是最后一道工序，看似简单，却有丰富的经验在里边，我曾经试过多次，总是难以达到良好的效果。

母亲早已离开了尘世，但关于母亲的记忆还十分完整而清晰。

母亲的娘家在河南省驻马店市的上蔡县，应该是古蔡国的所在。母亲姊妹七个，两个姐姐，四个弟弟，她同我父亲结合的原因不详。据村里乡亲偶然说起，是因为当年修京广铁路的时候，我的父亲是铁道兵，而母亲家庭成分比较高，大概属于大户人家，在那个年代成分高等于是背上了巨大的黑锅，因此才嫁到这个穷得连一间房子都没有的家庭，父亲就把母亲带到了我们现在的老家，伊河南岸的一个村庄。

我父亲去世得更早，当时我可能只有八岁大小，对父亲的记忆不深。因为与外婆家距离较远、交通不便，我们家与外婆家基本没什么往来，对父辈的这段过去也便成为心中永远的谜团。

说起油馍，母亲烙的油馍应该和岳母烙的油馍大同小异，只是母亲烙馍向来外边是不用油的，形制更规整，烙好后用刀一切四块，吃到最后手上一点儿油也不沾，照样满嘴留香，回味无穷。遗憾的是已经十多年没有吃到母亲烙的油馍了，并且永远也不可能再有这种机会。

吃一张油馍，引出这么多话题，絮絮叨叨，还真有一发而不可收之势，就此打住，不能再漫无边际。

羊肉汤没有喝到，吃油馍却吃出一大堆的感慨来。羊肉汤自然想去喝随时可以喝到，但父母亲对子女的关爱却不是永远可以享有的。

岳父岳母都已是八十多岁的人了，我们还可以经常吃上岳母烙的油馍,天底下还有什么比这种亲情更值得大书特书的呢?

这个端午节,让我思考和回忆的事真的很有意义。永远记住我们的父母,永远感恩我们的父母,永远孝敬我们的父母吧!

趁我们的父母、长辈还没有老态龙钟,趁他们还能自由行动,趁我们还年轻,趁我们还有能力,趁还有这许多天赐的机缘,请善待我们的父母,善待我们的亲人,善待我们的长辈,千万莫留子欲养而亲不待的遗憾。

常回家看看,陪陪已经年长的父母,他们一生都在为子女后代操心费神当牛做马。子女小的时候,要操心孩子能不能健康成长;到了上学的年龄,又要操心学业不能荒废,想方设法让孩子上个好学校,不能输在起跑线上;走向社会,又期待子女能有个稳定的工作;然后就是操心子女能够及时成家,家庭能够和睦幸福;再接着,又期待孙辈健康成长,一直到自己终老都很少为自己认真地操过心。

做子女的,回头看看,父母亲是不是都是这样!

人到中年,为人父,为人子,孝敬父母是本分,也是在为子女做表率。

孝敬父母也不是机会无穷,更不是信手拈来,有多少遗憾和悲情在身边不断上演,"树欲静而风不止,子欲养而亲不待"呀,莫留遗憾萦心间。

让我们果断而淡然地放下所有的道德、原则,甚至功利,拿出时间、拿出耐心陪我们的家人,特别是我们的长辈。心平气和地聊天、吃饭,这才是真挚的人间真情、真正的人生幸福!

2013 年 6 月 12 日

# 母亲节，该做些什么？

比"妈妈"更动人心魄的词语是什么？比母爱更真挚的情感有哪些？比生母更深厚的血缘关系还有吗？而我们为母亲奉献了什么？又曾为母亲做过些什么？除了惭愧，别无其他。

对母亲节、父亲节这类节日，我从未有过任何感觉。

今年却是个例外。

今年的母亲节这天，我突然想起了我的母亲，我狠劲地想，也仅仅想起和母亲在一起生活的几个片段，而对母亲的祭日却无论如何也记不起来了。我感到自己在母亲生前没有尽到一丝一毫的孝心，母亲已经离开很多年了，而我却连母亲的祭日都从未记起过，我真的很自责！

其实孝不孝，不会以此为标准来判定。生儿干什么，传宗接代是固有之义，一支一脉能通过子子孙孙传承下去，这才有了"不孝有三，无后为大"的老话。养儿防老，让子女养老恐也是应有之义，当终于老去的时候，没有劳动能力倒不可怕，一旦生活不能自理，身为父母谁不希望能有一子半女守候身边，陪伴度过人生最后时日。

原来感觉命苦，如今看来根本不算什么。父辈命更苦，比起他们，我们算是非常幸福的一代。小的时候最多是缺吃少穿，但还不至于像父辈那样为了填饱肚子而去啃树皮吃树叶，如果不是为了活命，谁能咽得下肚呢?

爷爷奶奶那辈在我还没有出生的时候已经不在人世了,所以没有任何印象。对父亲的印象也很模糊,在我刚上小学的时候,父亲就因食管癌早早地去了另一个世界。我对母亲印象较深,对她老人家一生遭的罪也有较深的感触。

母亲已去世十多年了,我清楚地记得,母亲离世的时候,我在登封工作,妻女均在相邻的新密。具体哪一年已忘记,只记得深更半夜我已熟睡,是妻从新密找的车到登封接上我回的老家,路上只说母亲遭遇车祸正在抢救,其实到家的时候,母亲早已与死神进行过痛苦的殊死较量,早已到了无灾无难无牵无挂的天堂。看到母亲安静地躺在那冰冷的寿棺里,我一下子就傻傻地愣在那里,不知过了多久,才痛哭一声昏了过去。曾记得上次还与母亲笑别,没想到短短数十天过去,就已经阴阳两隔,再难相聚。

母亲命运坎坷,受尽了人间苦难。

母亲在三十岁之前,曾因肠道疾病住过两次院,做过两次较大的手术。

我还记得,母亲在生下弟弟,也就是我们兄弟姊妹的老四之后,父亲就撒手人寰。可能是父亲对苦难人生已经绝望,再也承载不了生活的压力和考验,把所有的家庭重担全部抛给了母亲,一个人清清净净地走了。

母亲含辛茹苦刚刚把四个子女养大成人,眼看要苦尽甘来,一场灾难又无情地把母亲的生命剥夺。最可怜的是,在车祸发生之后,曾就近先送乡镇医院处置,因病情危急和复杂才又送洛阳的大医院抢救。我即便没有在场,也可以想象,我可怜的母亲,要遭受多大的痛苦、多重的折磨,要受多大的罪呀!

母亲的一生虽短暂,但人世间的苦算是尝尽了,精神和肉体上的罪算是受够了。母亲，我亲爱的妈妈，您在天堂的生活不会再如此灾难深重了吧？您的在天之灵应该祥和平安了吧？

母亲的一生注定与河流或河水有种说不清道不明的特殊关系。

母亲出生、成长在河南省驻马店市上蔡县西洪乡水寨村的寇庄自然村，村子坐落在小洪河南岸，距离河道不足百米，而母亲的家稍微靠南，但距河道也不足千米。

母亲嫁给父亲后回娘家的次数屈指可数，一则确实距离较远，主要还是因为经济不富裕。

我到母亲娘家的次数就更少了，记忆中只有四次到过这个小村庄。第四次是于 2012 年夏天参加外祖母的葬礼，围着村子转了一圈，才对母亲出生、成长的小村庄有了点儿感性认识，也只有这一次才有了一点儿较为深刻的印象。虽然有四个舅舅两个姨妈，但因为自小就来往不多，恐怕以后再次回到这个小村庄的机会就更加渺茫了！

母亲不知因何种机缘，嫁到了三百公里之外的偃师市李村镇杨湾村，这个小村庄坐落在伊河南岸，距河道中心也不过一千多米的距离。据说父亲是铁道兵，当年修京广铁路时在驻马店与母亲相识并结婚。我们这个村庄，与母亲娘家的村庄倒有几分相似，都在河的南岸，距离河滩不远，河水丰沛，盛产鱼虾。

母亲嫁到这里，也便开始了她一生悲苦的生活。

母亲肯定经常想家，她远嫁他乡的时候，我的外祖母也不过才四十岁左右，我还有四个舅舅两个姨妈，那里有她童年最美好的岁月，以及最好的玩伴。

这个世界上谁会不想自己的妈妈？她也许会在田间劳作困乏的时候，一个人默默地站在河边，静静地将思乡之情化作伊河清清的水波，回忆自己年少的时候在小洪河畔嬉闹玩耍的美好岁月。

母亲的一生好可怜，连她最后因车祸而不在人世这么大的事情，也足足瞒骗了我的外祖母好多年。因为母亲走后，我们再也没有与母亲娘家人有过任何联络和沟通，再也没有去探望过外祖母，所以我甚至可以推测，外祖母一直到生命的结束，可能还一直在抱怨我的母亲太过狠心，连最后一面都不肯来见见！或许她老人家早已心知肚明，只是不愿把这层窗户纸捅破罢了。而在我的心中，我总期望着我的外祖母直到生命终了，只是把一腔的埋怨记在我母亲的账上，这倒不失为一种较好的结局。

母亲育有我们兄弟姊妹四个，除了老三是个女娃外，我们三兄弟每个人的名字都明白无误地嵌入了河流称谓，大哥龙海，小弟龙河，我居中叫龙江，名字中不知有父母的何种考虑，更不知有何种精神的寄托和寓意。我们弟兄很小的时候就失去了父亲，而母亲又走得太过突然；加之父亲只有弟兄一个，与舅家姨家来往甚少，这样，父母给我们起的名字到底有何含义，就不得而知了。也许没有任何文化的父母，只是希望我们的人生像河水一样，能够一生清清净净、平安流淌。

母亲节到了，适逢是我四十八周岁的本命年，也是我唯一的女儿出嫁后的第一年，可能有心灵感应，突然想到了我的母亲，我在这个思念亲人的节日里，应该做些什么呢？

应该去看看母亲，为母亲的坟茔添把新土，把那些丛生的杂草清理清理，然后坐在母亲的身边，和她好好拉拉家常，说说生前没有来得及说的那些话，以这种独特的方式尽尽孝心，也弥补一下我心中的歉意。

随着家乡城镇化进程的加快，本来距离洛阳市四五十公里的杨湾村，一夜之间划为洛阳新城的辖区，原来在老家附近的坟墓无奈之下被迁移到了另外一个距离老家二十多公里的地方，我们对这个地方很陌生，父母肯定更加生疏。

在万安山脉北麓一个山坡之上，我父母的坟茔孤独地坐落在那里。这里没有人流,山脚下的小溪常年也不见有水流的迹象,只是在雨季甚至只有在雨后,才会有难得一见的水流从他们长眠之地的脚下流过,除了这些,陪伴父母亲的只有满山坡的松柏和林中偶尔栖居的小鸟。生前受尽了苦难,身后又是如此孤独,我的心好堵,我暗暗下定决心要在每年的清明前后来看看父母,陪陪二老。

我现在工作生活的地方,距离父母亲的坟茔有六七十公里的路程,虽不远,但每年能到坟地看看的次数也不会太多。

携妻回了趟老家,而我则独自来到父母亲的坟头,静静地留下来,陪陪孤独的受尽磨难的父母!

妈,我回来看您来了,您临走,我也没见上您一面,我知道您为我们弟兄几个操碎了心。

那么艰难的家境,供我读完了大学,我知道您老人家付出了太多的心血:将要参加中考的那一年,因为营养跟不上,我面黄肌瘦,显得病恹恹的,是您卖了家中要翻盖瓦房的几根木材,换回了几斤花生,让我每天晚上下自习的时候,抓上一小把补补身子。高中三年,又有多少次,星期天我回家带干粮的时候,您把自己舍不得吃的鸡蛋留给我,让我每周都能吃上一点儿有营养的东西。三年高中岁月,您和家人吃糠咽菜也尽量让我带白面馒头,我在学校根本不敢奢求其他,发了霉的馒头,就着半开不开的白水,有点自家腌的咸菜就是奢侈的美味大餐了。上了大学,还是您亲自纳鞋底做的布鞋陪我度过了大部分的大学生活,将近大三的时候,我才穿上了我人生的第一双皮鞋,这双皮鞋不知补过多少次,光鞋底的钢板也换了不止两次,我知道,可能是我的抱怨和我的不懂事,让您下决心给我买了这双皮鞋,您又为此吃了多少苦受了多少累,我真为我的不懂事感到羞愧难当。

妈,我还记得,为了学习英语,我曾提出想要一台录音机,但最终您也没有给买。我曾经有过抱怨,我想您肯定早已原谅了我。

妈,刚参加工作,拿到七十多块钱的工资,我曾兴奋地向您报喜,想为您老买双新鞋、添件新衣,您婉言相拒,笑着说,存下吧,将来娶媳妇买房子,用钱的地方多着呢。

妈,到后来,我成家了,倒把您给忘记了,孝敬您老的打算早就抛到九霄云外去了。

妈,我不自责,我只是懂得孝敬的道理迟了点儿。

妈,我回来陪您说说话,我的生活挺好的,您不用再为我担心了。

您总说,我性格弱,嘴笨,将来长大了怎么跟人打交道？的确,我性格内向,不善与人沟通,也不善求助于人,还有较强的自卑心理,自小走路的时候都不敢抬头看人,见人总是微微一笑,连个招呼都不会打,经常顺着墙根儿走。我现在虽仍然欠缺与人沟通的能力,但日久见人心,我的与人为善、成人之美已得到认可,跟我打交道的都是善良的人,他们理解我、帮助我,我们和睦相处,其乐融融。没有人欺负我,也没有人因我的内向而疏远我,我发自内心的微笑传递的是积极向上、一心向善的信息和力量,大家都乐于和我交往,都愿意把我视为好朋友。

妈,我回来看您来了,我没有辜负您的希望,没有给您的脸上抹黑。

您总说,不要给社会添乱,要做一个能够自食其力的人,不要给社会增加负担。我知道您说这话的意思,我们家里穷,逢年过节的时候,总是要靠村子里的照顾、帮扶才能吃上一顿像样的茶饭,每年春节前从村干部手里接过那两三元钱救助金的时候,是多么无奈,又是多么激动:我们弟兄几个要穿新衣放鞭炮,家里要准备过节的食物、待客的饺子馅,甚至大门上要贴的春联,很多过节必需品都要从这几元钱中列支。也是穷怕了,您老才经常教育我们几个,要做一个自食其力的人,不要做社会的包袱。现在生活好了,富裕了,我们弟兄几人都没有给社会增加什么麻烦，我们都在努力工作，都在努力为这个社会做着力所能及的贡献。妈，您就放心吧，我们永远不会给您脸上抹黑的。

妈妈，倘若您九泉之下有知，您一生所受的那些苦难就当是替我们兄弟们受的，我们感恩戴德，感激不尽。我们虽不能于您生前尽孝，但我们会按您的要求踏踏实实做人，绝不给社会添乱，做一生好人，干一世善事，积更多的福报。

母亲节，我来到母亲坟前，陪母亲聊聊天，让母亲的在天之灵不再孤单！

2015 年 5 月 16 日

# 家有『悍』妻

夫和妻,是伞与柄、车与轮、门与框、鞋帮与鞋底的关系,甚至是河与水的关系,有了丰沛的水,何愁河里不蟹肥鱼壮?

家有"悍"妻,男人之幸,家庭之福。

悍者,强悍、能干、张扬、势头足、有气场也,生活中多作中性词,但更多的场合又偏贬义,用于女性身上则无疑赋予更多贬义色彩。比如,悍将,一般指强将、大将中的佼佼者;但若用作悍妇,则有刁蛮、任性、不辨黑白、不讲事理之意。

读过我散文集《心随花开》的朋友,大略对其中的一篇《家有小女》有点印象,我自己心中也有点过意不去,风风雨雨几十年来,妻为这个家,也为所谓的事业浮华操碎了心力,受尽了磨难,做出了无怨无悔的贡献,若无一篇提及妻的文章,实在对不住妻的巨大付出,也实在心有许多愧疚。

有了写妻之意,但从何写起呢?

都是些针头线脑平凡事、婆婆妈妈家常情,从哪个方面可以准确刻画妻的形象?怎么做到既非无中生有极尽渲染,亦非不疼不痒牵强附会,既能让了解的人点头称是,又不能拍马拍到马蹄上,反而得罪了妻？这真让人颇费心思。

还是先从妻的能干说起吧。

街坊邻居、亲戚朋友，凡是熟悉她的人，无一不对她的勤劳能干而伸大拇指。从结婚之日起的租房居住，掐指算来，我们搬家达十数次，有自己独立住房的搬家也应该有六次之多。说起来惭愧，每一次装修住房，从第一套72平方米的小三室，到现在居住的180平方米的四室两厅，自找人设计开始，经采购材料，直到装修完成、配备家具，全是妻子一人包办，让人不得不佩服得五体投地。

常言说，"男主外，女主内"，而我妻却总有自己的一套理论：好男儿志在四方，家务活哪能占用男人的大量精力？男人，就应该以事业为重，不能因为小家而丢了大家。

妻言外之意非常清楚，家事乃小事，单位事、集体事、国家事才是大事。更别说日常生活中的洗衣做饭、打扫卫生、照看孩子，乃至照顾双方老人，全是妻一人包揽。我能够搭上手的，无非只有三项工作：第一项，整理我的书房，收拾堆积如山的书籍；第二项，一些家电的维修、电子产品的调试；第三项，也仅这一项算正式的家务活，星期天休息的时候，妻收拾房间，给我分派的任务，也是我主动要承担的任务，就是擦拭家具，妻还美其名曰"男女搭配干活不累"，其实妻的用意很明显：让我这个书呆子也稍微活动活动身体，劳逸结合。

妻的勤劳能干还表现在另外一个小的方面，我们结婚二十多年了，记忆中，几乎没有哪一个早晨，妻不是早早起床准备好营养丰富的早餐。妻总是说，一日三餐中早饭最重要，每天必须吃好。

难得的几次到外面吃早餐的机会，一般只有两种情况：第一种情况，星期天或节假日，妻为了让我多睡一会儿，也为了改换一下口味，才会在一些有特色的小吃店偶尔改善下生活。第二种情况，一般是我头天晚上因应酬大量饮酒之后。我有个习惯，头天晚上喝醉了，第二天早上必须喝碗羊肉汤，这样才能尽快把身体状况调整过来。除此之外，妻从不偷懒，总能变着花样为我和女儿做各种各样的早餐。现在已参加工作的女儿，只要一回到家，就再也不想在外边吃饭，总希望吃到她母亲精心熬制的稀饭。

妻为照顾我的身体、支持我的工作，做出了一项重要决定，远不到内退年龄，就放弃了自己比较舒适的工作，提前内退，将全部精力都用于当好家庭"后勤部长"，一心一意做我事业的坚强后盾。

倘若说我的事业还算小有进步的话，那么，首要的功劳要算在妻子的头上。在单位几次资金断链的时候，都是妻坚定地支持着我不能倒下，更是她毫不犹豫地拿出我们的全部积蓄救急救场，陪我一同度过一个个惊险万分的危急时刻。直到现在，妻还一直在坚持买彩票，妻说："有一天中了大奖，支持你们单位几百万，让你们的日子好过一点。"虽然我明明知道这有点自欺欺人，是一种阿Q精神的自我安慰，但是，我仍然很感动，仍然因妻子的支持感到很温暖。

女儿总和妻闹对立，母女俩似乎是一对不可调和的矛盾。

妻因时时处处不甘居人后，自然而然总以一种强者的姿态示人，当然对独生子女身上的骄娇懒散不满意。女儿是90后，自有这代人的时代烙印，自有自己的生活习性和价值追求。我们作为60后，当然有太多地方难以认同90后，这才是矛盾的根源。

我总当调解员，一边安慰妻子：孩子尚小，还不懂事；一边批评孩子：要养成好的习惯，有了好的习惯才能有好的命运，要懂得尊敬长者，尊敬老人方能问心无愧。

这对母女，见了面总有掐不完的架，但一旦分开两天，妻又总是念叨个没完：女儿这两天不知生活如何，工作怎样，总不知道吃顿正经饭。唉，这便是生活！此时我总说，别瞎操心了，不见面到处都是好的，一见面就气得眼红，就像几世结下的冤仇大恨。

妻明辨是非，坚持原则，宁折不弯，因此性格鲜明，个性突出，也因此经常与人争执，得到一个好斗的"坏"名声。

妻好斗的个性，自小有之。上小学的时候，妻在班里就以爱打抱不平著称，也称正义小女王，凡谁被别的同学欺负了，都要找她主持公道，对方讲理还好说，否则必以武力解决。

走向社会之后秉性依然，凡遇到她认为不公平不合理的事情，必出面干预。若在古代，这应该叫侠客行为，仗剑匡扶正义。也因这种个性，她没少在社会事务中与人争吵，妻虽然大多数时候是有理的一方，主要的错误在对方，但也没少被我和女儿批评，劝她要讲方式、要讲中庸。有不同意见可以，若起了争吵或更大的矛盾，一不利于问题的解决，二不利于对方改正态度或错误，三又显得自己度量不足，为什么要得理不饶人呢？何必呢？有时候，自己反而瞎生闲气，对事情的解决又无利。再说，争执甚至争斗，更容易让矛盾激化，与化解事情的初衷背道而驰。妻也逐步有改进，遇事能劝则劝，不能劝则找其他更好的办法处理。

有人送妻外号为孙二娘，其实我更愿意接受朋友们称她为孙大圣，因为大多数时候，妻总代表着正义，代表着降妖除魔，一直针锋相对地与虚假和伪善、恶俗和粗鄙做着不懈的斗争。

妻其实有大爱仁心，强悍的外表难掩她仁慈的菩萨心肠。

妻对家人自不必说，只要有能力帮助亲戚朋友，妻总会慷慨解囊，从不讲任何条件，不求任何回报。

妻兄弟姐妹五个，妻居最小，但妻回娘家的时候总很勤快，脏活累活抢着做。妻总是说，自己离父母最远，平日里照顾不多，与兄长姐姐相比对家里的关照最少。

十多年前，妻在去开封的路上，恰巧看到一场交通事故的发生，妻二话没说，就招呼同事将两个伤员救出，拦下车辆将伤者送往医院抢救,然后默默离开,甘做无名英雄。

妻义务献血多次。妻总说,作为普通市民,能为社会贡献的力量太有限了,还是献点血,关键的时候可以帮助那些失血过多急需救命的人。我在妻的带动下,多年前就开始坚持义务献血。

妻最看不得那些社会最底层受苦受难的人,每看到谁遇到了困难,看到可怜的人,妻总要伸出援助的手,或多或少地救助一点,以尽绵薄之力。

妻文化水平虽不高,却深明大义。是与非,黑与白,对与错,善与恶,德与孽,在这些方面总把握得泾渭分明。

妻常说,男儿当自强,必须以事业为重以公务为重,没有了国哪还有家,没有了大河流水哪还有小溪潺潺?

有如此性格鲜明的妻子,虽难显我的微光,但我心足矣。家有如此外强内贤之"悍"妻,能说不是前世修来的福分吗?

但愿来生还遇此人,盼望再世仍结同心!

2014 年 6 月 22 日

# 小女出阁

家有小女初长成,今朝欲嫁郎家门。横刀夺爱心不舍,佳偶天成亦欢欣。既伤感,又高兴;既不舍,又放心。男婚女嫁,有个良好的归宿,历来是为人父母者最大的心愿。

不经意间,小女已到了谈婚论嫁的年龄。在让人怜爱的丫头出阁前后,作为父亲,别有一番滋味在心头。

我不知道是该为女儿自立门户而高兴,还是该为女儿脱离膝前而伤感。

先说让父母满意的地方吧。

我们老两口曾经担心,女儿会不会谈恋爱,有没有男孩子追?这不,一次恋爱没谈过,也没有让父母操一点儿心,在适婚的年龄,女儿毫不费力就遇上了如意郎君,并顺风顺水地喜结连理。虽没有轰轰烈烈的花前月下、海誓山盟,但从他们的相处,可以看出倒也琴瑟和鸣、恩爱有加。女婿虽算不上玉树临风,更谈不上官宦背景,但为人坦诚,反应机敏,行事厚道,处事周全,具有博爱之心,也可算是人中上品。再一个因素是亲家家风淳朴,教子有方,且全家族都是耿直正派之人,仅此一点,就足以让女婿耳濡目染,受到良好的熏陶。更巧合的是,女婿竟然和我同一个属相、同一天生日!丫头总在我面前说:"你们两个还真有太多相似的地方，属羊的人，真让人佩服，都是那么心地善良、温和腼腆、细致周到。"

同时还有些许的伤感，正所谓眼泪未必全代表着悲伤，有时候激动的泪水、幸福的泪水也会忍不住流淌。毕竟是我们的掌上明珠，只有这一个至亲的丫头，二十多年的膝前承欢，父母有着太多的不舍，有着太多的牵挂，可爱可亲可恨可气的生活细节已深深地镌刻在生命的深处，多少欢声笑语喜怒哀乐已充盈在家庭的每个角落。

女儿真要出嫁，当这一天真正到来的时候，我好像还是没有做好充分的思想准备。偌大的房间，只剩下我们夫妻两人四目相对，肯定会有太多的寂寞太多的孤单。

再也不会有随喊随到的那种默契，再也不会有捶背端水的那种甜蜜，再也不会有居高临下大声批评的那份随意，再也不会有她和她妈无休无止的战争需要我出面斡旋，丫头总夸我主持公道，妻子总批我娇惯没有原则。

当我终于要面对这一幸福时刻的时候，我早已忘掉了平日那种为熟人家的女孩将近三十还没有恋爱而时常感叹操心，我曾同情那女孩的父母，为了女儿的婚事上下奔走托人牵线搭桥，也曾责怪那女孩，为什么还让父母为自己的终身大事操心。可此时此刻，宝贝女儿即将出阁，我自私的内心却又这么不舍。

男大当婚，女大当嫁，心里再不舍，也是一种幸福的感伤。此时此刻，作为父亲，我只想对我可爱的傻傻的女儿嘱咐几句话，虽比不上香车、黄金实用，但在人生漫漫长河中，可能也会起到重要作用。

不求事业多么成功，不求成就多大的功勋，做一个普普通通相夫教子的贤妻良母是第一要务。

家庭生活是否幸福，家庭关系是否和谐，子女成长是否健康，女人起到定海神针的决定性作用。

妻惠夫自贤，妻善夫自旺，脚踏实地，不好高骛远，不攀比虚荣。一日三餐不缺即为上等生活，家人健康平安胜过万贯家产。

出人头地，光宗耀祖，金山银山，名满江东，也不一定家庭幸福；平平安安，积德行善，帮贫扶难，不求闻达，也会夫妻和睦、快乐常在。

人生一路不容易，生活的长河难免遇到急流险滩。人无完人，丫头你本身就有很多缺点，因此，遇事不苛求完美，遇矛盾正确地分析、理性地判断，不论遇到什么挑战，都是命中注定的，需要你用智慧去化解，用聪明才智去解开生活的枷锁、化解心中的纠结，生活往前看，多看别人的优点，协助家人共同进步，逐步养成良好的生活习惯。

人生之路不平坦，有挫折、有坎坷、有陷阱、有伤害甚至有灾难。不论遇到什么情况，只要你们两人携手，共同承担，就没有过不去的坎，就没有修不通的路。信心是坚定走下去的希望之星，鼓励是渡过所有危机的制胜法宝。

你的懒惰，我最担心。在咱们家，有你能干的老妈，我们两个习惯了你的懒散。嫁入婆家，特别是独立支撑一个家，柴米油盐酱醋茶，琐碎的家务，一定要学着慢慢做，直到做好。你有完整的性格，良好的品性，相信打理家庭对你来说不在话下。

嫩肩膀也需挑重担，结了婚，你们就正好二十四岁，既是你俩的本命年，也是人生最美丽的花季，人生新的一页已然掀开，美好的生活蓝图需要你们同心协力共同绘就。

物质上虽谈不上富裕，但更重要的挑战来自精神层面，你们需规划好人生，一定要将健康放在第一位，追求有品位的生活，慢生活、有余闲、爱读书、常游山，是我对你们的期待，我希望好家风早养成，把阅读、健身、亲近自然，变成流淌在你们血液中的东西。

孝敬父母，是天经地义的事，百善孝为先。善良是本性，希望你能创造出奇迹，打破"婆媳关系是世界性难题"这一陈论，我们还希望你孝敬我们呢,如果在婆家做得不好,谁还敢奢望你和姑爷在我们即将老去的时候,能尽到那份反哺之责?

最后一点,很伤感,也很无奈。今年你二十四,老爸四十八;你四十八的时候,老爸七十二;当你也到花甲之年的时候,老爸和老妈,不知会是何种状况。行文至此,不禁潸然泪下,岁月的风霜无情地将所有的美好统统绞杀。

不论未来如何,丫头,我为你祝福,最美好的祝福送给你们:祝你们一生健康平安!

2014 年 12 月 12 日

# 梦归田园

左冲右突、隐忍苦逼、绝望悲情、柳暗花明，辛苦打拼为哪般？只为那自由自在，来去任性，心无挂碍，身无挂碍，快乐生活，梦归田园。

"采菊东篱下，悠然见南山"，是心中一幅很美的生活画面。有二分薄田，朝迎星辉晚沐夕阳，在田间劳作，侍弄着菜蔬瓜果，也是心中期待的一种美好生活。能时常看那炊烟袅袅升起，闻那左邻右舍炒菜做饭的诱人清香，听那公鸡打鸣小犬轻吠，更是一种极致的生活享受，并且可以回到儿时的美好时光。子孙绕膝，含饴弄孙，享受天伦之乐，也是一幅其乐融融的晚年生活画卷。

能够六根清净，心闲似水，无求无欲过这种退休生活，真梦想也。

《道德经》说，"持而盈之，不如其已；揣而锐之，不可长保。金玉满堂，莫之能守；富贵而骄，自遗其咎。功遂身退，天之道也"，其中最后八个字，给人很多的启示。倒不是因为你我所处的位置有多么重要，而是因为，最近一位在政府部门任职的朋友，经常在我面前描绘的一种退休生活，更加重了我对这种梦想的执着，很让人心向往之。

而近年来关于延迟退休年龄的争论似乎是更高层次的东西，那是国家人力资源战略的组成部分，与我等平民百姓还扯不上多大关系，其争论核心无非有两点可夺人眼球：第一说，权力在手的阶层可以利用手中的公共资源大肆攫取财富，最起码也可以享受特权阶层丰厚的社会福利待遇；第二说，进入老龄化社会后，养老金的亏空可以靠延迟退休来进行调剂。但不论哪一种观点，都无法比拟朋友描绘的退休生活那般诱人。

他描绘的第一幅场景：远离喧嚣的大都市，没有车水马龙的拥堵；虽没有花园洋房、豪华别墅，但独家小院还是最基本的要求。一层平房或两层小楼，房前屋后有三分菜地一分荷塘，若能依山面水，则是上佳的选择。邻居三五家，都是多年的挚交，因为有着共同的兴趣爱好，共同的生活历练，特别是有着多年来牢不可破的患难与共的交情，闲暇之时，则可相聚甚欢，聊聊过去，聊聊未来，聊聊家庭，聊聊社会，过一种与世相对隔绝的闲云野鹤般的退休生活。

第二幅场景：一方池塘，如能大若小型水库则最好，杨柳依依，荷花亭亭，四季花草，鱼跃鸟翔，甚至还有大雁、天鹅光顾。闲来环绕水面自由散步，既为那逝去的岁月沉淀，又为当下的悠闲寻找出路。还可以在阳光明媚的午后时光，轻松自如地打上鱼窝，随意地将两三竿钓具布置在自己随手可及的地方，一面听着音乐，读着闲书，品着上等的好茶，一面静等鱼儿上钩。能有收获更好，可以作为晚餐的点缀；没有收获也罢，钓来满满的闲情逸致，又兴趣盎然地打发了这安逸的美好时光。退而求其次，没有天然的池塘，人工挖出一个数平方米的荷花池也算不错的配置，池中种上莲藕，养些锦鲤，也可作为赏花观鱼的宝地。若真有这么一片小小的池水，我还想做一个有趣的尝试，不往里面放鱼，过个三年两载，看能不能自然生长出几尾小鱼。因为自小一直有这个疑惑，在人烟罕至的高山之巅，孤单的池水中总有鱼儿优哉游哉地生活，难不成这些生灵也是人工放入的吗？当时的判断是：一定是时间长了，自然生长出来的，或者是鱼儿会飞，趁狂风暴雨的时节随风刮过来的。还有一种更天真的想法，鱼儿会不会是草籽变的？当然随着年龄的增长，知道草籽变鱼的可能性不大，但到底鱼从何而来却一直未得答案。退休以后，若有这片小水塘，正好实现做这个科学实验的梦想。有了这片小水塘，所居之地自然也便有了通神的灵性，可以自娱身心修养心性，在身体健壮还能独立自由活动的时候，天天围着水池转圈，细细观察水面，感悟荷花盛开凋零，分享小鱼游戏浮萍，琢磨人生意义的大命题。在活动不便的时候，安坐水边，静静思考人生去往何处的哲学命题。

第三幅场景：一定要有一棚郁郁葱葱的葡萄架，架子下面最好有个圆形的石桌，桌子周围散布着三五个石凳。在葡萄架下，不仅要在每年七夕之夜倾听牛郎织女互诉衷肠，暂回青春年少的激情岁月，更重要的是，经常邀约三五好友安坐架下，举手摘下一串晶莹的葡萄，喝点儿小酒，品点儿好茶，摆龙门阵，吹大牛侃大山，天南海北，三皇五帝，既不用为古人担忧，又不必为时事操心，这才是真正兴致所在目的所在，真正达到"呼朋一桌三面坐，独留一面育梅花"的境界。葡萄架下品茶，还须"风霜雨露采一叶，竹炉炭火煮一壶，三五知己坐一坐，人生浓淡品一品"，人的一生或成就卓著，或平平凡凡，到头来，青春不再，能有一副好身板，能有一个好心情，能有几个好朋友，能在一起聚一聚，一生平凡也英雄。

朋友是美食家，退休闲居生活自然离不开美食佳肴，再说，有酒锦上添花，品茶更为高雅，但人是铁饭是钢，填饱肚子是人类最基本的生理需要，所以最让人痴迷的还是闲雅而极富生活气息的品味美食的画面。

每每听他眉飞色舞地讲述杀鸡做鱼的过程，就让人垂涎欲滴、胃口大开。他说，退休了，三五个好友相聚，一定亲自操刀，捉只柴鸡，捞条鲤鱼，要拿出看家本领，好好地做个爆炒柴鸡、清蒸鲤鱼，让忙碌了大半生的好兄弟们，品尝一下他可以夸耀的厨艺。听他讲述的过程，或许比品尝美味更有滋味，一道道工序如数家珍，一个个动作惟妙惟肖，一种种调料恰到好处，最终的目的，却是为了大家的狼吞虎咽、风卷残云。

他不愧为美食家，做一碗炸酱面，对普通家庭来说，不过有几两肉馅做点炸酱足矣，可对他来说，少说也要有十多道工序。先是选料备料，肉必须是五花肉，肥瘦相宜，全是瘦肉做出来的不香，口感也不行；豆芽必须是绿豆芽，而且不能是现在常见的那种一寸多长的，只能是土法生的豆芽，一公分左右，既有脆性，又有绿豆芽的清香；还有葱、姜、蒜、老抽等都有讲究。光这一套口若悬河的描绘，就讲得云山雾罩，我们听得也头晕目眩。然后是复杂的加工过程，仅仅一碗面条，竟会如此富含内容，可见他对生活的追求已达到一种无以复加的苛刻境地。听他说美食，我设想着退休后的生活，最好能经常到他的桃花源去徜徉盘桓，并混吃混喝。

其实，这些美好的生活场景，何尝不是我心中所愿？

2015 年 2 月 20 日

# 听雨

雨声滴答,似在叩问心灵;风声掠过,抚慰喘息的今生。你、我、他,鲜活的生命,能奏出何种生命的强音?又能留下什么有价值的东西?

　　近段时间雨季来袭,不仅有狂风骤雨,更兼细雨连绵,让人应接不暇,很有点焦头烂额疲于招架的味道。

　　这不,随着经济下行压力的逐步加大,我所在单位的财务状况甚差,欠薪已长达半年,日常周转资金更是捉襟见肘,吃了上顿找不到下顿,资金链随时会断裂,企业犹如在波涛汹涌中挣扎的一艘千疮百孔的破船,随时有倾覆沉没的危险。

　　屋漏偏逢连夜雨,越是在困难的时候,倒霉的事件越是接二连三,有道是祸不单行,灾祸似乎都提前商量过一样,那个凶神前脚刚刚离开,这个恶煞后脚就立马赶到,生怕会冷了场一样,真真是你方唱罢我登场,好不热闹。不到一个月的时间,单位连续发生四起安全事故,造成一死四伤,在社会上引起巨大震动,一时间舆论哗然,谴责之声铺天盖地,给工作带来了很大的被动。

　　不仅我在问,局中所有人都在问,到底还能不能驾驭这种局势,难不成真的是天意让你垂眉低首?

一点都不错，果然是天怒人怨。

大的形势没有任何好转，安全局面又连续出现恶劣状况，更不可思议的境况让人心惊胆寒，水能覆舟的老话似乎也要应验：有几个伙计，在你处在悬崖边上岌岌可危的时候，又在黑暗中狠狠地向你下了黑手，几封捕风捉影的举报信趁此月黑风高之夜又欲将你置于万劫不复的深渊。由于信息的不对称，你费尽九牛二虎之力运作成功的几件大事、难事，却被这几个伙计说成是万恶不赦、徇私舞弊的恶行。这个世界到底怎么了？你坦坦荡荡满怀赤子之心，竭尽心力正极力扭转困局，想不到却换来了队友的痛下杀手。

身处名利场中，不被理解也十分正常，但竟被这种暗箭和黑枪所伤，让人脊背感到寒意阵阵、凉风飕飕，难道真要应了那句"久在江湖飘，哪能不挨刀"？

是该淡出的时候了，还有什么值得留恋？

倒是恰巧而来的几天阴雨天气，给人提供了冷静思考的时间，也让几近崩溃的身心暂时得到一丝喘息。

退去浮躁，静下心来，翻出珍存的一点点龙井新茶，悠然自得，端坐窗前，用一只高高的玻璃杯，怀着虔敬的心，像侍弄一棵弱不禁风的小草一般，仔细地放入茶叶，冲入80℃左右的热水，观风听雨，细细品味，体会着"从来佳茗似佳人"的惬意与清爽，然后思考了很多，一颗烦躁的心慢慢地冷静了下来。

大自然给人类的启示真是太奇妙了，通过观察降雨的过程，我体会到了很多以前从未注意到的人生道理。

先看狂风暴雨，来得快去得疾，迅雷不及掩耳，摧枯拉朽，雷霆万钧，往往伴随着雷鸣电闪，倾盆而下。暴雨过后，整个世界像是被水洗过了一般，所有的垃圾随着激流被冲刷得干干净净。可暴雨的肆虐，也能造成巨大的灾难，冲毁村庄，冲坏良田，冲塌道路，一些树木被连根拔起,伴随着这些灾难也易造成人员的伤亡甚至巨大的生命财产损失。类比到人生历程中的某些人,他的一生也不会全是风和日丽、鲜花掌声,特别是一些出类拔萃能做出巨大成就的人,他的人生之途通常会遇到这样那样的风暴考验,很多人就在这些风暴之中被无情地掀翻在地,然后人亡政息一败涂地。当然还有另外一些人,他们拥有坚强的毅力、顽强的生命,能够战胜一场场风暴,从低谷走向高峰。

再体会和风细雨的节奏,聆听雨打芭蕉的闲情逸致。绵绵细雨,犹如春风秋阳,润物于无形之中。春雨贵似油,春秋天的雨最懂风情,好雨知时节,当春乃发生,斜风细雨不须归,沐浴在春风秋雨之间,实在是人生一大美事。正如人生之旅,一帆风顺、平步青云的历程中,也会有些小的生活插曲,一些生活的烦恼、工作的矛盾、家庭的争执、朋友的分歧,甚至一些小的失败教训等,会自始至终陪伴我们人生的全过程,既不会影响生活质量,也不会危及生命健康,充其量是生活中的酸甜苦辣,是调味品,是润滑剂。

在阴雨连绵之中体验丰厚的人生感悟,人生漫长,更需要认真对待。一般的小到中雨或连绵阴雨,不像暴雨来势汹汹,威力不似钢刀利刃,杀伐决断在旦夕之间。小雨过后,万物亦如被洗过一样,灰尘被一扫而光,微小的垃圾会被清理得一干二净,落到地上的雨水大部分可以渗入泥土,真正地留在大地,成为万物生长的滋养,这是小雨的好处。其不利的一面在于较长时间的连续阴雨,也会影响作物的生长,更会让人的心情变得惆怅和烦躁。同样的比喻,人的一生,谁不经历点磕磕碰碰?小的坎坷和挫折,谁不经历几起?一些轻微的打击和磨难,岂能一生幸免?朋友的背叛、亲人的反目、生意的失败、仕途的跌落或者身心的损伤等,这些小磨炼小挫折也会如影随形,如阴雨连绵的天气一样,既能磨炼人的意志,也会让人心烦意乱、牢骚满腹。

品着茶,观察着窗外时大时小、时密时疏的落雨,听着雨点雨滴打在玻璃窗上如弹琴一样的声音,心里突然就轻松了许多。正在经历的这些小考验小敲打,不正如大自然下雨一样,将心头积存的那点尘埃冲刷得干干净净?

事物总要按照其固有的节奏向前运转,很大程度上由不得个人的好恶。所有的这些考验,都是对你的一种淬砺。客观因素的考验,是测试你的抗压耐磨能力;人为因素的打击,是在提升你的心志、胸怀、应变等情商智商,不经历风雨,怎能见彩虹?

一下子,竟豁然开朗,如雨后初晴,心情突然随着龙井新茶浓郁的香气袅袅升腾。你承载的是一种责任,是前人志向的传承,你正在经历的一切,也许早已是命中注定,负重坚定地前行,或者真的是一种不能推卸的使命。

听,窗外的雨声,不紧不慢,滴滴答答,多美!邀雨见证,在艰难的岁月中,用铿锵的脚步将人心丈量;请风做伴,在这场危机四伏的较量中,用火热的激情将危局消融。

2015 年 6 月 30 日

# 说『结』

> 心"结"不除，难得安宁。随遇而安，不是消极悲观；顺势而行，得大轻松。自在，从"心"出发；自由，开悟人生。自由自在，修炼达明心见性，照见五蕴皆空，自然气定神闲。

　　不知何种缘由，陡生一种心思，想来聊一个话题，这个话题的核心是一个"结"字。我也不明白自己到底有何心结，在第二部拙作即将完稿的时候，好像心中的一个"结"不仅没有解开，反而越凝越重。

　　这个"结"可能来源于以下三种因素。

　　为什么一直坚持写些东西，还计划第一阶段出三本"散文集"，是不是名利思想在作祟？这是第一个"结"。

　　第二个"结"，出于自己贫乏的知识结构和太过可怜的阅读积累，耗尽平生心血也不可能写出一篇像样的东西，为什么还要做这种徒劳无益的傻事？

　　更深层次、更大的一个"结"，更难解开：来自社会底层的草根，难道非要去证明"王侯将相宁有种乎"？今天的丑小鸭，非要自证自己就是明天的"白天鹅"？

　　我均狠劲地摇了摇头。

　　在这个复杂的社会，你很难走进别人的圈子，更遑论走进别人的心中,同样,你的心思别人也无法看清,你的行为可能会被认为是作秀,你的世界对别人来说也难以企及、不可靠近。

不同年龄的人之间因价值观的不同,存在沟通障碍,这叫"代沟"。而不同圈子,更是很难靠近交融,官员只与官员交往,有钱人与有钱人容易接近,平头百姓自然而然交的都是穷朋友。看似没有差别,无形的东西其实早已画出了明确的界限。

不服不行,有意见也枉然,心中郁闷成结更无助于事情的改善,想从一个圈子进入另一个圈子,很难。

在等级森严的江湖上行走,我们这些底层公众会经常遇到一些地位较高的人,只要这些人出现在公众面前,其气场就威风八面,他们走起路来趾高气扬,说起话来目空一切,总感觉自己高高在上,接触起来如云遮雾罩高不可攀,其人自觉不自觉就有一种居高临下、让你不得不自惭形秽、俯首称臣的感觉。或者这是一种自贬自贱的感觉,但愿是人类自卑谦恭的本能使然吧。

其实我比较赞成这种说法:别把当官看成终身之业。今天是某长,明天或许就是布衣,即便不会这么快,但六十岁以后,肯定官帽落地,回归百姓。千万别以为一旦当官,立马智商倍增、能量超群,可呼风唤雨,已绝顶聪明。

现在官场中有权有势的少数人,总是高高在上,感觉比别人聪明许多。有些人是真的天赋异禀,但更多的当官者其实是由于某种机缘巧合,像某粒并不饱满的种子落到了一片丰腴的土壤,因此得以长得旺盛而光鲜强壮,仅此而已。

尊重现实,改变自己,这便是医疾的良方。

我心中这几个"结",也有一些这方面的考虑。

本身就是一粒先天不足的种子,又生长在一块贫瘠的土地上,要想生长得更好,发育得更完整,根就必须要扎得更深,以汲取更深处的水分和营养;就必须长得更枝繁叶茂,以争得更多的阳光和空气。

这其实是对自己的一种挑战。

心有千千结,心中的理想之灯,必然指引你向光明之巅攀登。在攀登的路上,自会洒下辛苦的汗水,但也会收获不一样的风景:心有块垒,可以一吐为快,对着纸笔诉出你的灵魂之声;偶有灵感火花闪现,奋笔疾书,一挥而就,也会有种酣畅淋漓的享受;一段时间的积累之后,看到劳动成果已经小有所得,内心深处那种惬意和满足,也会让你找到一种自信,甚至找到一点儿成功的喜悦。

在这里,我想将这个"结"字赋予一些浪漫的色彩,在我的心中用一些吉祥的五彩丝线编织成一个美丽的类似"中国结"的梦,让其温柔地挂在心中最柔软最深情的地方。

红色的丝线,代表着善良,一颗赤子之心,爱着世上一切美好的东西。红色是阳光雨露,是勃勃生机,是顽强的生命,勇攀高峰,无往而不胜。

橙色的丝线,代表着忠贞、博大的胸怀,不仅有海纳百川的雅量,还要有吐故纳新的能力。忠诚,是最高贵的人格,忠诚于自己的内心,忠诚于所处的团队,忠诚于自己的祖国。

黄色的丝线,是黄皮肤的代表,是黄土地的象征,是炎黄子孙的勤劳勇敢、不屈不挠,压不弯、打不烂,生生不息,薪火相传。

绿色的丝线,是生态的理念,是环保的理念,敬畏天地运行,敬畏自然更替,倡导人类与环境和谐相处,再不做逆天忤地、只顾眼前蝇头小利而破坏环境的恶行。

青色的丝线,不显山不露水,是个性,是每个人独立梦想的承载,要成为一个什么样的人,追求什么样的人生目标,一条条青色的丝线扮演着灵魂的主宰。

蓝色的丝线,是平安,是祝愿,我们共同生活在这个蓝色的星球,我们每个人都头顶着同一片蓝天,沐浴着同一缕阳光,虽有禀赋的差异、环境的不同、地位的悬殊,但作为独立的人,每一个人都是平等的,都具有完全独立的人格,都具有应该被尊重的生命力量。

紫色的丝线,是丰富多彩的人生,是绚丽无比的梦想,是火热繁华的生活,每个人的一生,有属于自己的天空,更有属于自己的精彩。

用这七彩的丝线编织着一个美丽的"中国梦",打成一个漂亮的"蝴蝶结",人之为人,不能没有梦想,心中的"结",要成为"结束""结案""结成""结果"的"结",而不能成为"心结""郁结"或者"死结"。

行文至此,似也有点儿豁然开朗,我心中的"结",无非是一种自我充实、自我加压的手段,虽然早已明白最后的结局,但我还是想努力改变自己,让自己的明天好于今天。

2015 年 7 月 3 日

# 东方升起一片祥云

亲人逝去，人生落幕，对生者是一场苦情折磨，对经历过生离死别的人则是一场人性的洗礼。活着真好，珍惜当下，因为无常和明天经常打得不可开交！

时间永远定格在 2015 年 9 月 15 日晚上 10 点 10 分，不以任何人的意志为转移，更不考虑人世间的爱恨情仇和亲人们的肝肠寸断，就这样，一个普普通通的生命，画上了一个八十九岁高龄长寿而圆满的句号。而我因为和他最小的女儿结缘，他的溘然长逝，让我泪飞顿作倾盆雨，久久茫然，难以接受这个突然而至的残酷现实。

无论如何也想不到，命运竟会如此搞袭击。

此时此刻，岳父走了，在我的心中，他永远活着，只是化为一朵五彩的祥云，高高地飘荡在东方的天际，用他那善良的心灵带着七彩的光辉，每一天都微笑着俯瞰大地。

我的岳父，近九十岁的高龄，虽然身染重疴，两个多月粒米未进，但躺在郑大一附院洛阳中心医院呼吸内科二十号病床上，依然眼不花耳不聋，思维十分清晰，对身边亲人们的一言一行洞若观火、明察秋毫，除了体力跟不上无法明确用语言应对外，他会做出各种表情，用点头摇头或呜呜啦啦来表明他的意见和态度。

仅仅在48个小时之前，在我离开医院要返回工作岗位和他道别的时候，他还睁开双眼向我点头示意。谁承想，这竟成为永诀，竟成为我和岳父阳世间的最后一次目光交流。

噩耗传来，虽有一些思想准备，但我仍然泪如涌泉。

第一个想法，第一个举动，是强忍两眼泪水，立即净手拈草香三炷，毕恭毕敬，如奔一个神圣的至高无上的礼仪，强压悲痛，满怀感念，双手合十举过头顶，行三鞠躬之礼，郑重且小心翼翼地敬上香炉，并在心中默默祈祷：岳父大人，若天堂也有雨天，您去之后，阴霾将散去，雾障将消失，雨天将不再，以后永远都会是阳光明媚、惠风和畅。

无常二字，实在是玄奥。

刚刚在一个宴会上，听一位高僧说佛讲禅，对他的一些朴素的、略带迷信色彩的观点有些认同，他主要表达这几层意思：一是，好人不长久，坏人祸千年。就是很善良的人未必能得到好报，未必能活得很久，而一些坏事干尽的恶人，倒有很多健健康康，得到寿终正寝。二是，佛法无边，但不会是现世报，他的长寿是他祖上几辈积下的阴德，倘若在他这辈不干好事，不知积德，那他的后辈必然要得到报应。三是，天堂也同人间一样，也需要好人善人，也不喜欢十恶不赦的坏蛋，因此，好人进入天堂就容易，坏人自然就会遭到排斥和拒绝。也正因这些因素，生命的无常，一是来得突然，让人猝不及防；二是专门对一些年纪轻轻或德高望重的人痛下杀手，将他们请到天堂。

岳父的走，很突然，算无常，当属高僧所讲的第三种情况。

这次来看岳父，我和妻利用周末的时间，陪了他老人家两天两夜。其间，我们分工协作，总有一人保持高度警觉，看护他老人家的一举一动，生怕我们一眨眼的工夫，他就会把鼻饲的胃管拔下。只要他的手一动，我或妻就赶紧拦下，用一条毛巾在他的头皮和脸颊轻轻地反复擦拭。按我们的理解，他一动手，可能是挠痒的动作，因为在之前，曾有两次,一不留神,一两分钟之内,他就趁挠痒之机,干脆利落地拔掉胃管。而一旦拔掉胃管,也就意味着生命给养的通道完全断开。他现在生命的延续,一靠输液的药物,再就是通过胃管注入少量流质食物而获取必需的营养。现在看来,他果决地拔掉胃管,或许只是因为他太清楚、不糊涂,知道自己的病情严重,不想再花费太多无谓的金钱,说到底,不想再给我们这些后辈增加沉重的负担。

呜呼,老人家在生命弥留之际,仍然为后辈考虑,怎不让我们心存痛楚,感恩戴德?让我们这些不知宽容、不懂报恩、斤斤计较的后辈情何以堪?

岳父生前俭朴节约,乐善好施,在四村八乡落得极好的声望和人缘。在为岳父庆寿的多年里,街坊邻居成群结队嘘寒问暖登门祝贺,给我们留下很深的印象。

岳父没有什么不良嗜好,再小的赌博行为他也从不为之,只是喜欢吞云吐雾。年轻的时候,是粗纸卷烟陪伴艰难的岁月,最困难的时候曾吸过柳叶等替代品。后来条件好了,子女们也都成家立业,劝他老人家少吸一点儿,要么吸点儿焦油含量低的香烟。他这一生养成的习惯,在他弥留之际,显得特别让人心痛,痛得既感到可爱,又几乎心都要碎了。

两个月前刚入院的时候,岳父身体状况尚可,还可自己坐起来抽两支烟,我们还推上轮椅让他老人家到大自然中晒晒太阳,呼吸一下新鲜空气。谁知住院两个月下来,因为粒米未进,他已瘦得仅剩一把骨头,别说坐起来,连翻个身都非常困难,身体已经相当僵硬。但即使在这种情况下,他的意识还非常清醒,头脑还不糊涂,经常性的下意识的抽烟动作还相当准确逼真。他缓慢地伸出手,用中指和食指做夹烟状,放到嘴边,先是深深地吸一口,然后慢慢地极享受地轻轻吐出,吸过几口之后,他会把手尽可能地伸向床边,把烟灰弹掉,当他感觉一根烟抽完之后,还会做出扔掉烟头的明显动作。我们每每看到这一幕,都会心酸心疼地把脸扭向一边。此时此刻,岳父连睁眼的力气都没有,但只要我们一叫他,他总艰难地睁睁眼,或点头或摇头,或用含混不清的话表达着我们都能理解得准确无误的意思。

妻给我打电话告诉这一消息的时候已泣不成声。妻有两个哥哥和两个姐姐,因为自己最小,在家中自然要受更多的宠爱。但妻并不娇生惯养,性格泼辣又十分能干,深得岳父岳母的喜爱,更重要的是妻的孝顺也让我深深地感动。在岳父最后的时光里,擦身洗澡,清理便溺,她做得无微不至,不厌其烦,不能不令我十分动容。

我在心中暗想,岳父有如此孝顺的子女,也是多年修来的福分。妻和她的哥哥姐姐,虽然年龄也都大了,工作也很忙碌,但都能抽出成段的时间轮流伺候着尽孝,甚至岳父的孙女、外孙女都来照顾,那种悉心照顾的场景,一看都会让人感动。由此可见岳父家家风的淳朴,"养不教,父之过",有这么好的长辈,怎么可能会有不肖的子孙呢?

房檐滴水照坑砸。我知道,岳父本身就是个孝敬老人的典范,他是独生子,他的父亲很年轻的时候就走了,他的母亲一个字都不识,一生甚至没有花过一分钱,但一生无病无灾,九十六岁无疾而终,岂不正是岳父精心孝敬照料的结果?老太太被称为一街两行最有福气的人,可见岳父做人的成功,才赢得孝贤的美誉。

妻于晚上十一点再次发来短信:"人生淡如水,我上楼一张桌子还没擦完,亲爱的父亲就没了。我好想他老人家!"寥寥数语,让我再次动容。妻说,她只是上楼去清理一张桌子,桌子还没擦完,也就三分钟的时间,老人家已经撒手人寰。早知是这种结果,说什么也不离开他身边半步。此时,距离他出院到家刚刚三个小时。

我复短信:"节哀顺变。这也是他老人家的福分,到了家,他才放心地走了,一定没留什么遗憾。只有这样,才可早点脱离苦海,少受些折磨,早日到天堂过上平安无忧的生活。"

我也命苦,也许因为我的人生经历,我对岳父的去世才会产生如此强烈的心灵共振。在我记忆还很模糊的时候,我的父亲就走了;在我事业刚刚有点起色的时候,我的母亲,受尽人间痛苦折磨的母亲就以最惨痛的形式离开了人间。车祸,多处骨折,失血过多,从乡镇医院往城市医院转送的途中走完了充满悲剧色彩的人生之路,而遗憾的是,我却不在身边。事后,每听亲历者说起的时候,我的心就会久久地流血,一滴一滴,我似乎都能听到那鲜血落地产生的巨震,看到落地瞬间那和着尘埃轰然升起的红灰的雾虹。

失去双亲却没有一次能稍尽孝道,也因此,对待岳父岳母,我想尽最大努力做得更好。

逝者已去,音容宛在,家风传承,精神永存。

我祝福,岳父在天堂一路走好,别让我们有太多的牵挂。

无尽的思念,无尽的悲伤,无尽的泪水,让我们牢记您老人家的教诲,承继您老人家的精神,清白做人,老实做事,多做善事,无愧于人生,无愧于社会。

敬爱的岳父,安息吧!

愿您的在天之灵找到属于您的那片净土,踏着那朵五彩祥云,在高高的东方天际,仍旧一如既往宽容地护佑这个您心爱的不忍放弃的世界。

谨以此文悼念岳父孙东祥。

2015 年 9 月 16 日子夜泣于听雨轩

香满小径

天的高度，

怎能用双脚丈量？

心的大小，

可以凭喜怒照见。

跋涉在人生征程，

大道熙熙攘攘，

小径悄悄伸长。


最美的风景，

在人烟稀少的地方，

屏神静气，

在弥漫着花香的小径，

收放自如心已空灵。

# 甘蔗林中收黄连

生活本是一场磨难,风平浪静的人生难以开出绚烂的花、结出丰硕的果。人生之路有苦有甜,一帆风顺的人生,稍有波折,除了抱怨,就是轻易缴械投降。

泾渭分明的两种经济作物,不知能不能种在一块,据查资料还没有人做过试验,因此也可能是一种不可实现的农艺。其实,这反映的是一种社会现象,一种类型的人在社会中的生活生存状态。

我们是不是经常被负能量所裹挟,看到周遭的一切没有一样东西是顺眼的。阳光明媚的时候,我们抱怨日光的刺眼;风和日丽的时候,又唠叨缺乏灿烂阳光的阳刚;细雨绵绵的季节,又嫌弃空气的湿润烦闷;雪花飘飘的天气,反而怀念杨柳依依的温柔。

回顾童年生活,就有这种感受,现在想来那时候的自己正是这样一种状态。网上的一句话可以佐证,出生在 20 世纪 60 年代的人最幸福:第一,没有经历三年困难时期,基本上有饭吃,虽吃不饱但还能有些粮食,大多没有吃糠咽菜吃观音土的艰苦生活经历;第二,没有实行严格的计划生育政策,一般都有兄弟姐妹,性格的形成没有太多缺陷,没有独生子女的孤僻任性;第三,没有经历过上山下乡运动,没有经历那次洗涤心灵的人生磨炼。

　　当然,也正因为没有解放前旧社会逃荒要饭的生活对比,没有解放初期艰苦岁月的生活对比,仅仅因为吃不饱、穿不暖、住处差、条件苦就一直叫苦连天。记忆中的童年生活,真是掉进了万劫不复的苦难深渊。其实,比着我们的父辈、比着红军两万五千里长征,我们真正是生在红旗下长在新中国,是无比幸福的一代,只不过这个道理,我们晚明白了几十年。

　　参加了工作,我们仍然是一路抱怨,好像我们真是喝着黄连水走过来的。

　　好不容易盼工作盼独立盼自己赚钱,大学毕业了分到某个单位,这时候,抱怨就开始了。有的同事骑自行车,有的同事开摩托车,为什么自己却需要天天靠双脚来丈量上班路线呢?上大学的时候就悲楚得要命,别人都穿皮鞋,自己穿着母亲一针一线做的布鞋,虽舒服合脚享受着母爱的温暖,但虚荣心在作怪,还是感觉抬不起头。参加了工作,别人吃穿玩用样样阔气,自己依然囊中羞涩,面对如此明显的反差,自己怎么想都想不明白。再后来,离奇的事情就更多了,随着工作经历的增加和社会经验的丰富,同时毕业参加工作的一批学生中,有佼佼者很轻松地走上了领导岗位,更有比自己晚参加工作、学历低于自己的人也都走上了领导岗位,看着自己原地踏步毫无动静,心里就郁闷得有了更多的抱怨,这个世界到底怎么了?

　　抱怨于事无补,只能使自己更加消极被动,唯有认真吸取经验教训,扬长避短,努力工作,干出成绩,方是证明自己能力水平的最佳途径。

　　有为才可能有位,突出的工作绩效一定能帮我们脱颖而出,从而实现人生更大的梦想。

　　有的人终其一生,怀经世之才,创惊世之业,在其有生之年尚得不到认可,盖棺未必论定,何必论一时之英雄、争瞬间之能耐?

找到了问题的根源,自己心里便豁然开朗,眼前也便光明闪现,面前的道路走得也便扎实稳健。一穷二白,没有任何根基,没有可资依靠的任何资源,唯有自己才是自己命运的主宰者,脚踏实地,做优秀的自己。

再回到现实生活。人与人交流不多,大伙之间好像都有一层隔膜,即便在虚拟的世界里,往往也能感到一丝丝的寒意。

QQ群里,有几个"熟面孔",虽然不知道隐君子的真实身份,但好长一段时间,甚至可以说成年累月,总是冷冰冰地让人敬而远之,这几位总是以冷嘲热讽为装束,以训化教导为格调,以悲天悯人情怀为标识。有了进步,取得了一些成绩,他们会说是投机取巧时运较好,任谁都会把一把好牌打赢;遇到了困难,运气不尽如人意了,这几个伙计又愤世嫉俗忧国忧民,大放厥词,甚至不惜以负能量制造些冷空气。后来,大部分人都习以为常了,有个高人朋友一语道破天机:"再好的事再公平合理的事,总会有人喝倒彩,总会有人反对。别在意,对得起良心,你认为正确的,就义无反顾地坚持往前走。"听后,感觉有理。

由此,让人想到了许敬宗的君臣应对。唐太宗问许敬宗:"群臣中唯你最贤,但还是有很多人说你的不是,为什么?"敬宗答:"春雨贵如油,农夫因为它滋润了庄稼,而喜爱它,行路人却因为它让道路泥泞难行而抱怨;秋天的月亮辉映四方,才子佳人欣喜地对月欣赏、吟诗作赋,盗贼却讨厌它,怕照出了他们丑恶的行径。"所以呀,只要自己路走得直,无愧于心,完全不必去理会他人的评说。

可能大部分人的一生都只能在社会的最底层挣扎,世世代代都可能只是微不足道的小人物,过着与世无争的安稳生活,这不是因为我们出生就在最底层,只是因为我们才能不突出,力量不强大,修为不到位,修炼不成功,只能落于平庸之地。但无论哪种情形,我们都当拥有自己平凡幸福快乐的平常人生活,抱怨帮不了我们,牢骚助不了我们,唯有努力向上。朝着阳光,我们的生活终将充满阳光。

天道酬勤,上天总是眷顾那些真诚对待生活的人。生活更是公平合理的,你不辜负生活,生活便不会亏待你。一分耕耘便会有一分收获,看一看我们都付出了什么,再看看我们都收获了些什么,一般情况下,这些都是成正比的。

别让负能量左右了自己,如果有了这种苗头要尽快调整,因为我们每个人都有闪光的地方,我们每个人都是优秀的个体,不能让戾气把自己的元气给伤了。

千万不能甘蔗林中收黄连。泡在苦海里,苦透了自己,何时才能到岸?

2013 年 12 月 28 日

# 尺短寸长

容人之短，看人之长。每个人都有
闪光的一面。你很优秀，他很能干，但
金无足赤，人无完人，谁又没有缺点？

　　这不是一个评价标准，而是一个换位思考的哲学命题。生活中经
常会用到这句话，大多在长者智者讲道理教化人时。

　　先看两个例子，然后略加思考，从而进一步明辨尺短寸长的道理。

　　第一个例子，是关于修锁师傅遴选关门弟子的故事。一位德高望
重的修锁师傅年事已高，为乡民服务多年，眼看手艺无人继承，在街坊
邻居的劝说之下，决定选择可靠门徒以承继事业。大张和小李是老师
傅初步看中的两个优秀人选。大张聪明伶俐，性格豪爽；小李忠诚老
实，有点木讷。经过一段时间的传艺，两个人都能单独工作，一般性的
问题都可以轻松搞定，但在老师傅看来，也只是传授了两人一些皮毛，
真正的绝技只能传给其中的一个。因此，在最后的关头，老师傅决定
检验二人以确定关门弟子的人选。师傅准备了两个保险柜，放在两个
房间，邀请街坊四邻共同仲裁。比赛开始，大张不到十分钟就打开了
柜子，看来大张已稳操胜券，街坊邻居也都点头肯定。小李用了十多
分钟的时间也顺利打开了保险柜。决定权回到了师傅的手中，这时

候,师傅故意卖了个关子,说还需加赛一题:打开保险柜的时候,你看到了什么?大张信心满满,说看到了一沓百元钞票、一根金项链、一个小笔记本。小李则满脸惭愧,说:"我只顾专心开锁,别的什么也没注意到。"最终的结果,不仅大张出乎意料,围观的人们也感到十分意外。还是老师傅的结语道破天机:"大张,凭你的手艺回去开个修锁铺谋生完全没有问题,干我们这行的,必须能控制两把锁,一把是要打开的锁,一把要时时紧闭,必须控制住欲望之锁,否则,前路诱惑太大,风险太多。"

第二个例子,大同小异。一家百年老店,要从最优秀的两个学徒中选掌柜,按现在的话说要选定一个职业经理人,方法与上个例子雷同:老掌柜让两个徒弟去集市上分别采购一种货物,徒弟甲很快满载而归,徒弟乙稍后也圆满完成采购任务。两个徒弟采购回来的货品不论质量还是价格都无可挑剔,老掌柜都十分满意。但同样,老掌柜也加试了一题:分别询问两个徒弟采购途中还有什么收获。徒弟甲说:掌柜的,我在进货的时候看到集市上某某货品比较畅销,我们也应该尽快多进一些,以免冬季封山道路不通货进不来。掌柜的听后点点头表示默许。徒弟乙却说:我按掌柜的吩咐,专心致志赶紧把货购回来,没有注意其他什么。结果,徒弟甲成了重点培养对象。按理说,徒弟乙心无旁骛,应该更为可靠,但为什么老掌柜会选择徒弟甲呢?

两个案例,其实可以给我们很多启示,它们辩证地说出了尺短寸长的道理:不同的情况之下,聪明有机敏灵活的好处,憨厚有忠诚可靠的优点。

我们在选人用人的时候,有很多需要认真区别对待的因素。如果要选择某一方面的领军人物,仅仅忠诚可靠往往是不够的,还必须有统领、组织、指挥、应变等方方面面的才能。如果选择的是一名卫兵,那么除了足够聪明机灵外,只要绝对忠诚负责也便够了。

　　按常规,开锁师傅选择传人,大张没有入选有可能是一个美丽的错误,大张聪明、机灵,不仅把自己该干的活干得漂漂亮亮,放羊拾柴火捎带着又多干了些分外的工作,即多了解了一些情况,多掌握了一些信息,师傅因此就把大张的人品和聪明一票否决,显然有失公允。当然,小李作为开锁修锁绝技的传人也无可厚非,但更聪明灵活一些的大张可能会更为合适。

　　有时候真的可能聪明反被聪明误,个别时候还真耽误了机会错过了机遇。三国故事里的杨修,何等聪明,但是不仅得不到重用,反而早早丧了性命。

　　再回到现实生活中间。因为各种原因,我们也会与很多地位职位更高的人打一些交道。一般情况下,一级领导是一级领导的水平,我们自然仰视而佩服得五体投地,但还是那句老话,尺有所短,有极个别的所谓精英,初接触有炫目的光环,再接触就露出了庐山真面目,时间久了,感觉其也不过一块普通杨木罢了。接触少了可用三板斧装点门面,时间长了,老一套招数老一套说辞了无新意,只不过不知是何种机缘巧合而博取了上位。话分两头,如果我们所在的集体算一个小小的金字塔,如果我们还算这个小小金字塔比较靠塔顶的一员,我们自然而然会清楚地看到,塔下众生,也有太多比我们优秀的人呀!不仅有些人某个方面强于我们,还有更多的人综合实力也比我们强多了,但也是因为不同的机缘我们谋得了上位,而那些比我们更优秀的人却因种种原因屈居我们之下,也可谓寸有所长。

　　现实往往这么残酷,我们在抱怨的同时,更应该想想那些比我们强而还在我们下位的人,想到这里,我们是不是应该感到庆幸呢?

　　遇到比我们强的领导是幸运,我们可以更顺利地成长;遇到糊涂的领导或糟糕的上司,是对我们的一种考验,逆境之下的成长能造就更加旺盛的生命力。人生不仅需要包容,人生本身就是一个非线性的过程,复杂、烦琐、多样的考验,像太上老君的炼丹炉,帮人们炼就火眼金睛刀枪不入。

造化弄人。其实,人都有长处也都有不足,只是我们对自己的长处和优点往往放大了数倍,而对不足和缺点更多的时候只是视而不见罢了!

我们都有哪些缺点呢? 我们是不是真比其他人优秀呢? 这个问题需要每一个人经常性地扪心自问!

在现在这个价值多元的社会,包容将成为一个人生活素养的要件。我们必须尊重每一个人,上自王侯将相达官贵人,下至贩夫走卒平头百姓,每一个生命个体都有其过人之处,都有个人的独门秘籍,每个人都有独立生存的看家本领,妄自尊大藐视一切,其实也是一种毫无由头的盲目。

错把平台当本领,落地的凤凰不如鸡,阴差阳错的笑谈比比皆是。还是归于那句老话:当我们比别人强时,不仅要把别人当人才,更重要的是要做更多的有利于他人有利于社会的好事;当我们不如别人的时候,还是要把自己当人才,努力去做力所能及的既有利于自己又不损害他人的小事善事。如此,则足矣!

2013 年 12 月 15 日

# 如此优秀，休矣！

大道至简，优秀也不是一成不变。要以不变应万变，讲原则并非死心眼。规定自有道理，相机行事妥善处置方更胜一筹。

一日，到某浴池洗澡，遇一小插曲，姑且记之。

浴池各方面条件都不错，硬件上来了，软件肯定也要跟进，这是最基本的判断。

洗澡的过程千篇一律。先是进了桑拿间，像蒸地瓜一样，蒸得周身酥软；然后是技师搓背，洗去一身征尘。当日心情不错，当然还因搓背的师傅看上去年龄较长，十分厚道，工作态度比较认真，搓得不错，我也有心关照一下师傅，因此，就破例应师傅的要求享受了一项增值服务。最后是洗头淋浴净身，完毕。洗去尘垢，换来满身心的轻松，皆大欢喜，本该愉快地结账走人，留下一段轻松舒服的美好记忆。

可插曲偏偏出在这项增值服务上。

满身轻松满心喜悦到得吧台，准备结账走人，可增值服务——打硫黄的价格却出现了偏差。明明师傅给我报了两个价格，征求我的意见，我选择了较低价位那款，可结账时却要按较高价位收取，本也就十块钱的事儿，可明摆着理不直嘛。

问清楚也便可以解决争执,店家与顾客仍然可以握手言欢。但事情的发展往往具有复杂性、戏剧性,一个大堂经理模样的美女出现,顿时让事情变得复杂起来。

此美女衣着打扮靓丽光鲜,可能是领班或前厅经理,最起码也是老板的亲信骨干。美女的出现有点越俎代庖,本来收银员可以处理的问题就升级了,使不是问题的小事升级成了矛盾。

美女领导听了个大概情况,以毋庸置疑的口吻很不耐烦地下了结论:二十元是以前的价格,技师没有定价的权力,店家确定的价格绝对不会错。

如此小事,争论无益。记得有位名人说过一句话:我与谁都不争,与谁争都不屑,我爱大自然,其次就是艺术,我烤着生命之火取暖,火萎了,我也准备走了。与谁都不争,别说这么芝麻大个小事。我虽远没有伟人的气度和风范,但作为一个酸腐文人,对这种事也不屑于一辩一争。

我平心静气地陈述着事情的经过,可对方就是不听我的解释,非要按三十元收费,而且言辞语气明显地透出一种不屑和蔑视。

"没见过这种无聊之人,消费了反而不认账,想要赖不成,哼,没门,这种人,我见得多了……"——这也许是我以小人之心度君子之腹吧。

我自嘲:算了,秀才遇上兵,有理说不清。我提出:让师傅过来说一声不就清楚了。

师傅过来了,事情得到了解决。"领导"的威风扫了地,我的心里也添了堵,双赢不成反而成了双输。

同时我又为这位师傅担心,不知这位"领导"会不会把一点怨气撒在师傅身上,扣奖金或者干脆炒了师傅的鱿鱼。因为,这位美女领导说了,店家才有定价的权力,师傅是否违规了呢? 不过说实话,依现在洗浴市场的行情,打个硫黄五元、十元的都有,二十元已不低,定价三十是不是高得有点离谱？

我也从事多年的管理工作，工作中也经常提倡要敢于认真负责，敢于为维护集体的利益而大胆作为，按这种标准，这位美女领导无疑是一位称职的员工，还可能是优秀、能力出众的员工，肯定值得老板信赖，还因敢于管理有可能被擢升到更重要岗位。

敢于负责，坚持原则，维护利益，其实这是最基本的要求，是合格员工的标准。而让客人满意、乐意消费并为之免费口碑相传，能够让主打的产品或服务赢得顾客，则是一个相对较高的要求。

不论最终的结果如何，管理人员的蛮横呆板，确实让我对这家浴池产生了不好的印象，如今，在一个小小县城，这样同档次的浴池多达几十家，仅靠硬件远远不够，服务若经常出现偏差，那么店家离萧条恐怕也就不远了。

一叶落而知秋，但愿店家能发现不足，尽快加强管理，最好能调整这些所谓的"优秀"精英，免得店家误了生意，员工误了前程。

管理人员就要有点管理人员的水准。妥善解决问题，考虑店家的长远利益，才是最重要的。若仅着眼于当下的十元八元，而轻易就放弃一个客人，这是不负责任的做法，也是商业上的短视。

尽管列宁与卫兵的故事给了我们很好的教育，也深深地影响了很多人的处世原则，但死搬教条要不得，特别是作为管理者，如此处事确实是要命的。

如果我们在管理中也是这样，那么我们须赶快改正。如果我们集体中树有这种"典型"，那么，如此"优秀"的员工，赶快下调级别，让其去做更简单、不用动脑子的工作，这样才能人尽其才，对单位也好，对个人也罢，都善莫大焉！

2013 年 10 月 31 日

# 闲议『先斩后奏』

先斩后奏,似有逼宫之意。其实关键看事情的性质和大小,有些无足轻重鸡毛蒜皮的事,反复请示汇报,要么是将不担责,要么是帅不称职。

先斩后奏,鼓励的是敢于担当、勇于负责,但又区别于欺上瞒下,胡作非为;更有别于事无巨细,一锅端给上级,反复汇报请示,毫无主见,凡事皆奏。权限划分之后,事关原则、大局、兴衰成败,还是应果断处置为好。只要方向确立,其他皆可相机行事、果敢作为。斩都不敢的,绝非将才,更难成统军之帅。

先斩后奏,在很多情况下都值得肯定和提倡,起码应该算个中性词。因为这个词太大,有千钧之重,也因此,普通的事套用这个词就可能使用不当。

此话一出,必然语惊四座。这种颠覆传统的说辞,莫非要为"先斩后奏"平反昭雪?

其实,非也!

小人物自然难撼历史定案,也自然只能从小事说起。

先说大家公认的解释。此成语典出《汉书·申屠嘉传》,后该词主要用于君臣关系,通常分两种情形:一是特指事关国家核心利益或生死存亡之重大事件的处理,作为臣下因各种特殊情况,来不及报告请示而先行果断处置,造成既成事实,事后方才报告皇上。一般的结果是处置有方,扶大厦之将倾,显示臣子非同一般的处置复杂问题的才能。另一种情形,是臣下功高盖主,胆大妄为,要挟皇帝,擅自处置一些重大事项,造成既定事实,逼迫上级无奈就范,其原因很有可能是臣子预计报告后会遭否决而有意为之,这是地地道道的僭越行为。

古代因通信方式落后,朝廷之外的事必先授权,先斩是必然。而朝廷之内的事,则必先奏,在皇帝老子眼皮底下,若先斩后奏必有隐情或者阴谋。

与另一常用语"将在外,君命有所不受"相对应,远在边疆的元帅或大将执行护国任务,要面对瞬息万变的复杂情况,有相机行事的权力。若仍按常规报告请示,早已错过战机,有可能铸成不可挽回的大错。因此,将在外有决断权,而不必事事请示,最终只报告战果即可。这是正常情况,可先斩后奏或斩而不奏,奏结果而不必奏曲折详细的过程。

回到现实中。在一个集体,有很多这样唯唯诺诺、唯上级马首是瞻的人,习惯于察言观色和早请示晚汇报,从来没有自己独立思考独立决断的时候,但这些人往往还有一定的市场,往往成为上峰眼中的忠诚之士,会成为单位的红人。这类人士虽无多大的能力,但往往有很大的能量,成为所谓的上司指到哪里就毫不犹豫地打到哪里的勇猛之人,会势占三分高、利得六分强,成为上司喜欢的人。

还有更多的志士,或不合时宜的清高之士,能够独立工作,在岗位上敢于负责,勇于担当,站在职责和集体利益的角度对一些事情独立处理,而不把请示报告作为邀功请赏的方式,其实这些人才是更值得尊重的敢作敢为者。然而现实很残酷,这些人因为人情世故的原因,往往很难显示出其突出才能,未必就能如愿得到施展才华的舞台。

因此，先斩后奏是褒义还是贬义，要看两个方面：一个是决策者，一个是执行者。同样的一件事情，遇到不一样的双方，其结果也许会大相径庭。

遇到开明之君，作为臣子处理事情，若完全出于公心出于职责，而没有大事小情一锅端地汇报请示，能够独立妥当处置，则必然会受到夸奖鼓励。反之，遇到愚暗之君，则必定治你先斩后奏之罪。

另外一层意思，不论是真正的先奏后斩还是被定性为先斩后奏，有一点可以肯定，作为下属一定是按照自己的决断处置了一些事情。这样的下属素质能力应当不会很差，若是真正地先斩后奏则说明太过强势，锋芒太盛，没有摆正自己的位置，没有按照行事规则处理事情，受到惩处或警告则是必然。若错不在下，而在上，那么，受点委屈也正常，良禽择木而栖，良臣择主而事，主动权就掌握在下属的手中，要么委曲求全寄人篱下求个安稳生活，以后注意程序方式，要么干脆利落另择明主。

作为领导者，做事的高境界当以行为目的论，只看最终的处理结果，坚信用人不疑、疑人不用的原则。

大凡在太平盛世，更主要在普通工作生活之中，若出现所谓的先斩后奏情况，则很值得我们三思。

若出现在你的身上，则恭喜你。首先，你一定身份重要，地位显赫，大权在握，不会是最底层的职员，也因此，你要对你的行为高度重视，切不可随意为之，更不可越权为之，一句话，不可乱为，一定要按照程序和权限，慎重决策，谨慎处理，确保结果公正。

你的先斩后奏，自己必须先做出评价，是正常工作还是违反了程序，是有利于工作还是擅自做主造成负面结果，是为大局不得已而为之还是另有隐情霸王硬上弓？若均为前者，则值得坚持，哪怕为此负担责任付出一定代价也不可推托；若是后者，则需认真改正，切不可一错再错,事情处在萌芽状态,你要感谢上峰对你的宽容和关爱,及时为你指出问题所在,给你纠错改正的机会,避免出现致命的错误。

一般情况下,上峰站得高看得远,有较高的政策理论水平,有丰富的处理复杂问题的经验,有相当强的工作能力,分析事物全面,把握全局眼光独到,判断问题准确,能够透过现象看到事物发展的本源,所以一般而言结论往往正确。

极端的情况,问题出在上边。第一种情况,上级心胸狭窄,任何事情都看成大事,容不得手下比他强,认为任何事情都得请示汇报,否则就是目无领导;第二种情况,上峰因机缘巧合博取了上位而能力水平明显不足,较容易出现所谓先斩后奏的定性,这也情有可原,官大一级压死人,按上意办事按程序办事,则能换来相互平安,只是可能会耽误一些工作错失一些机会;第三种情况,则不可理喻,上峰水平也高,心胸也有,但德行修为略欠火候,为达控制下属的目的,有意设置一些障碍,这则另当别论。但遇上这样的上级,对下级也是一种考验和锤炼,能让下级更快地成长更坚强地提升,塞翁失马,焉知非福?

真正的先斩后奏,应当坚决杜绝。情非得已的先斩后奏,事情过后要尽快上奏。敢于担当、善于担当、能够担当,则必须大力提倡,只要是职责范围之内,只要有利于集体的核心利益,当为则为,决不能错失发展、提高的机遇。

权衡,两害相权取其轻;判断,职责权限之内要果断处置;考量,事关重大,必须奏请指令;相机行事,事不宜迟,斩后即奏。如此,可妥帖也。

2014 年 7 月 6 日

# 向刺猬学处世

大自然中有许多智慧的昭示,取之不尽用之不竭。处处留心皆学问,人情练达即文章。藏锋和开屏同样都妙不可言。

处世是门大学问,人生成败,很大程度上取决于为人处世,此言应不为过!曾国藩家书能够传世,更多的是得益于家书中自始至终传递出的那种中庸处世的哲学思想!

向刺猬学处世,绝不是提倡消极遁世的态度,而是要顺势而为,随机应变,灵活掌握。

先看一下这种微不足道的小动物是如何生活的。刺猬是典型的昼伏夜出的动物,属于夜猫子一类,往往在夜深人静、万籁俱寂、大多数动物都休息的时候,它才小心翼翼地外出活动、寻找食物。这种生活方式起码有两个好处,一不招惹别的动物,包括人类,它的活动与大家无关,不侵扰他类、不危害他类,自然就不会引起什么矛盾。第二,在夜深人静的时候,只要有一点点动静,它都能灵敏地捕捉得到,然后收敛行为实现自保。再一个突出的特点,就是它的被动的保护方式,一旦遇到危险或敌人的攻击,它团成一团,整个身体成为外披锋利尖刺的小球,任凭外面有什么疯狂行为,它一动不动佯装死亡,以这种出奇镇静的定力来躲过可能的攻击和危险。

另外则是人类按自己的逻辑强加给这种小动物的特色，即刺猬效应。意思是说，距离太近的时候，会彼此刺伤对方；只有保持相对合理的距离，才既不会相互伤害，又能够相互取暖、相互保护。这岂不是又一种动物版的中庸之道？

反观我们人类，大爱无疆自不必说，人与人之间的普遍关爱比比皆是。

但在一个集体的内部，在一个利益体的内部环节，人与人、同事与同事、竞争对手之间，关系微妙而复杂。为什么有的人学历不高、能力不强、贡献不大，却处处受人欢迎，时时得风得雨，人际关系十分融洽，人生事业平步青云，而有的人，才高八斗，学富五车，满腹经纶，却处处碰壁，终生难遇伯乐，人生的道路越走越窄，人际关系越来越紧张？

同样的资历水平，有的如锥在囊很快脱颖而出，有的原地踏步难以成长？为人处世方法不同，其结果天上地下，差别大矣！

从小小刺猬身上，我们能学到点什么具有启发性的东西吗？答案无疑是明确的。

刺猬浑身上下长满尖尖的针刺，可这些武器全都是防御性质的，从研究资料来看，看不到这些尖刺有进攻性的功能，对它的觅食也毫无助益。而我们人类，特别在处世的时候，往往急于证明自己的实力能力，想尽一切办法显示自己与人不同的一面，匆匆忙忙不分场合来亮剑，以此显示自己的优秀，急于在茫茫人海中脱颖而出。这些表现固然十分重要，也十分必要，但需要掌控得恰到好处，在关键时刻发挥出重要作用，起到中流砥柱甚至力挽狂澜的作用，那么，你的闪亮登场也便有了机缘，当然还需看有没有慧眼识才的伯乐。

那句俗话套用过来，也可以说明问题：这件事情我负责，结果，你就成了团队的领导；这件事情我顶着，结果，你就成了团队的顶梁柱；

这件事情我不会，结果，你永远只能是做简单工作的最基层员工。关键之时，看你的"刺"是否刺对了地方。若用不对地方，处处锋芒毕露，你的才华才干能力，有可能就成为具有"攻击性威胁性"的尖利锋刺，不仅易伤别人，到头来更会伤了你自己。也套用一句话：那个人太过张扬，恃才傲物，根本不把别人放在眼里，岂可重用？一旦有了这种评价，是不是为人处世的一种硬伤？我想，适当藏锋，适当示弱，也不失为一种韬光养晦之策。

再一点启示，就是遇有风吹草动或有不确定因素的时候，要以静制动，以不变应万变。都说职场如战场，虽看不见刀光剑影，但也暗流涌动，危机四伏。其实，凡有些社会经验或处世经验者，对此都会感同身受，可能都有过血淋淋的教训，甚至经历过败走麦城的切肤之痛。首先要学会自保，这是第一步，留得青山在，不怕没柴烧，这一点从仿生学的角度，自然要服服帖帖拜刺猬为师了。当形势不明朗或出现不利情况的时候，要缩成一团，一动不动，暗中观察形势的变化，认真分析各种力量，明辨代表正义或公理的一方，然后相机而行，决不可暴露明显倾向性的意志，否则，有可能自投罗网或以卵击石，最后自取其辱。其次，一定要保持你本真的心性，顾全大局，才可能有个人施展才华的机会。一味地投机取巧，或一味地扮猪吃虎，或一味地装腔作势，或一味地明靠山头，最终还是会落得个树倒猢狲散、人走茶必凉的下场！

求生的本能只能让我们躲过危机，但求善的修行却可以让我们阳光地生存！要想让自己的人生之路越走越宽广，还需要我们坚定不移地智慧修行。

还有一点启示也很重要，职场之中甚至社会交往之中，两个人的关系再铁，即使达到了无话不谈、无隐私可避的所谓亲密无间的地步，但两个个体融二为一的可能性微乎其微，除了孩童时期和早年学生时期，只要步入社会，两个关系再近的人也要适当保持距离，适当保持神秘。要不，每个个体身上都有天生顽劣的品性，没有距离的时候，这些负面的尖刺必然会伤及对方，从而可能引起不快和摩擦。保持一种既十分亲近又恰到好处的距离美感，才能达到正能量相互叠加、负能量相互约束的动态平衡。

人在职场中待久了，会伪装得很深，会把自己所有的棱角打磨得溜光圆润。但从小小刺猬身上，其实我们还是能够学到不少有用的招式。为了更好地生存，为了更好地发展，让我们从神奇的大自然中得到更多有益的启发吧。

2014 年 7 月 13 日

## 半夜来电

> 深更半夜,惊人清梦,不是十万火
> 急,就是最好的亲人朋友找你倾诉衷
> 肠。

端人饭碗,受人差遣,干了份为稻粱谋的差事,只好二十四小时保持通信工具畅通,这不,让人心惊肉跳的电话,又于凌晨两点急促响起!

"早就让你辞了这份出力不讨好的差事,不知到底有何值得留恋,比牛出力大,比菩萨操心多,又不可能干出什么名堂。"妻子的埋怨又顽固地响在耳边。

其实,我还是把这份工作当成人生的事业追求,倒不是因为别的,而是,我的人生在当前从事的事业上运交华盖。传统文化讲,滴水之恩当涌泉相报,既然事业给我提供了施展的平台,我也只能义无反顾地将薪火更好地相传。

那么深更半夜的来电,究竟会是何事?

一般情况,半夜来电,肯定十万火急,来不得一分一秒的耽误,必须立即处理,否则后果会十分严重。

半夜来电,也分公事私事。但大多不会是好事,报喜的电话没必要这么火急,除非万不得已,谁会这么没有礼貌去惊人清梦呢。

私事呢,一般情况下都是家事,家里有什么紧急情况。公事呢,更糟糕,一般是安全方面出了问题,或者是生产环节卡了壳,影响到了正常运转。还有一种情况,是同事或朋友家庭出现了矛盾发生了纠纷,需要和事佬进行调解。但愿是最后这种情况吧,这种情况这几年出现过两次。我一边在心中默默地念叨,一边悄无声息地来到客厅。

我正要回拨过去,可任性的电话再次急促地响起。

"喂,你好……"

还没等我礼貌性地打完招呼,电话那端已经急促地传来一连串道歉的声音:"不好意思,这么晚打扰你,我是某某某……"然后是一大堆要倾诉的话题。

问题并不复杂,甚至可以说连鸡毛蒜皮都算不上。我简单安抚了他的情绪,建议他什么时间见面详细地谈谈。

放下电话,无论如何再也没有了睡意,我在想,这个电话为何非得在深更半夜打过来呢? 这个伙计到底有着怎么样的心理活动呢?

今夜无法入眠,既不是因天大的喜事从天而降,也不是遇到了什么麻烦压力巨大,而仅仅是一个不合时宜的半夜来电。如此辗转反侧,也让我思考了很多。

人生有两条路比较难走,一条是人生状态的上坡路,是显性的,走得好坏,世人皆知;一条是心路,隐性状态,只有自己心里明白,却也决定着个人生活质量的高低。人生上坡路遇到的艰难险阻不计其数,人生的心路历程表面上波澜不兴,其实内心里也是惊涛骇浪。

人生短短几十年,不论是一路鲜花和掌声,还是历经坎坷,经历生死考验和沉沉浮浮,有的人登得很高,走得很远,对人类对社会做出了很大的贡献,这是些伟大的人物,属于人中豪杰。而像我辈之芸芸众生,如路边最不起眼的小草,永远平平淡淡,过着随遇而安、日出而作日落而息的平民生活,却也向上顽强地拼搏攀登,走在一种上坡的路上。

无论是谁,伟人英雄还是凡夫俗子,都不会轻易放弃人生的追求,都不会在通往成功或更加卓越的道路上,去选择那种毫不费力毫无挑战性的下坡之路。

上坡路难行,众人心甘情愿,无怨无悔;下坡路好走,无人挑肥拣瘦,自甘平庸。而在人生的道路上,那些只挑轻活、不愿承担重任的人,慢慢地都会被边缘化,而逐步被抛弃,从而成为可有可无无足轻重的配角,甚至多余的成员。

心路历程更加扑朔迷离,对人的行为更有决定性的影响。

这通电话,是一个同事打来的,他很优秀,我对他有所了解。各方面都相当的伙计,早已因各种机缘脱颖而出,更有资历比他浅者也已经把他抛到了身后,他苦闷,牢骚满腹,想不通,他内心痛苦,急于倾诉。深更半夜打这个电话,我相信他也是做了激烈复杂的思想斗争,甚至还喝了很多酒,酒精壮胆才做出了这样一个下下之决策,第二天酒劲过去之后,他一定会后悔并责怪自己。心路受阻,四处奔突,而找不到一个合适的出口。

我理解这种苦恼,同情他的无助,正如我明白我自己是多么无助多么可怜一样!

一个从事国学教育的老师,昨天刚刚给我讲了一种他无法解释的自然现象。他的一个在林业局工作的学生,去年送给他两株杏树苗,他栽在院中。今年开春,让人奇怪的事情发生了:一棵已经是花蕊怒放,而另一棵毫无动静,像熟睡一般,只在枝头看到星星点点的花蕾。他百思不得其解,论品种完全一模一样,论生长的环境,没有什么大不同呀,难不成,两个树坑中的土壤有着明显的不一样? 他只能这样解释,我也是满腹的疑惑!

正如两粒空中飘过的种子,一粒落到了水丰土肥的山脚,很快就长成了参天大树;而另一粒,倒是幸运地落在了高山之巅,从一落地就高高在上,俯瞰万象风光。可惜,岩缝之中它伸不开腰身,也没有多少可资生长的营养,贫瘠的容身之地炼就了它更加坚强不屈的生命,它在痛苦地生长着,根须顺着石头的缝隙延伸,活下来了,可生长缓慢,长相也低矮丑陋。一母同胞的兄弟两个,竟然这样天壤之别。

这就是生活,是我们面对的现实生活。如果我们无法客观对待,那我们的痛苦就只会与日俱增,我们的心路就难以敞亮通达。

这位同事,正在受着这种不公平现实的煎熬,我们每一个人又何尝不是每时每刻在无奈地接受着这种现实?

其实,生活,就是接受我们所能接受的,改变我们不能接受的,最终改变我们自己,让自己更优秀更有能力,然后去改变生活,更改变自己!成长并不是战胜别人,而是战胜自己,不断改变自己,让自己更加优秀,能更快速顺利地适应环境,不断增长适应环境改变环境的能力。

强大了自己,世界也便慢慢变得更加美好。

2015 年 3 月 18 日

# 真想喝一瓶啤酒

无酒不成席，无酒难成文，无酒怎解愁？无酒，世间少了多少乐趣、多少豪迈、多少故事甚至多少快意恩仇！喝酒不醉品自高？酒不醉人，还有谁会举杯痛饮！

想喝一瓶啤酒的欲望很强烈！

为了身体健康，在这酷热的中伏天，做着自己最不愿意却必须做的事。夏练三伏天，冒着近四十摄氏度的高温，头顶着火盆似的骄阳，狂走一个多小时。完成既定任务时，我大汗淋漓，身上的衣服可轻松拧出大量的水来。人到中年，毕竟知道哪些事可为哪些事不可为，比如，锻炼身体，这是必须战胜自己的懒惰，需要坚持的事情，而对人生的其他欲望要适当抑制，像满足口腹之欲的暴饮暴食等。

一个人，只有今天拿出时间来保持身体状态的良好，才能在明天做更多自己喜欢做的有意义、有趣味、有价值的事情。

坐在路边这家不起眼的饺子馆，在等候饺子的这段时间里，我几次动摇，想叫一瓶冰镇啤酒，并想像从前那样，不用酒杯，对着瓶子，一仰脖子，咕咚咕咚，直接倒入肚中，那种酣畅淋漓的感觉，怎是一个"爽"字所能形容？

只可惜，今非昔比。年近五十，马上进入孔老夫子说的"知天命"

的年纪,用土语说更为生动,已经是黄土埋到胸部之人了,哪能还逞匹夫之勇?更为关键的是,身体状况不佳,高血糖已持续几年时间,并且还在不断加重。冒着酷暑锻炼身体,目的就是为了控制血糖,如果再肆意喝酒,对口腹之欲不加控制,那不是自己掌自己耳光吗?

不能喝,坚决不能喝,尤其是一个人的时候,更不能纵容自己。纵容自己,是对自己最大的伤害,在一种痛快舒服的感觉中不知不觉地失去最宝贵的东西,在一种满足了自己某种生理欲望的过程中悄无声息地麻醉了自己。死于懒惰,死于无知,死于痛快,死于疯狂——都是看不见的温柔杀手。死于懒惰如四肢不勤从不劳动更不运动,死于无知如毫无节制长期过量吸烟,死于痛快如豪爽饮酒经常酗酒醉酒,死于疯狂如吸食毒品迷幻灵魂。

工作中的应酬,多出于为搞好关系,活跃气氛,甚至为了融入这个社会。历史悠久的酒文化对芸芸众生的影响大家见仁见智,庸俗世风之下各种利益的考量更造成泥沙俱下。明明能应付个一两二两,若硬不喝,怕得罪了上级,工作不好开展;怕冷落了客户,业务合作无法深入;怕疏远了要协调的各种事项,难题矛盾得不到解决。朋友间的交往,也经常跳入"酒逢知己千杯少"的温柔陷阱,在高谈阔论嘻嘻哈哈的推杯换盏中,喝得东倒西歪,不知所终。身体正当壮年的时候,偶尔还能撑得过去,但身体状态出现问题,再这样毫无节制地喝,就很容易铸成不可挽回的大错,现实生活中这种悲剧例子举不胜举。

信了、从了、屈服了社会的这种恶俗:宁伤身体不伤感情。反过来想一下,适量喝点酒,还真是各种社交场合不可缺少的交际手段,但一旦超过了个人的承受能力,那无疑是最不划算的愚蠢、代价惨痛的莽撞。损害了身体、没有了身体作为资本,还谈何感情谈何工作?

假如说因工作、朋友交往而适量饮酒还可原谅,一人独处的时候还忍不住必须喝两杯,那就是一种生活喜好,或养成了习惯,更有甚者是已经有了一定的酒瘾。养成了这种习惯无可厚非，应该还算是一种好习惯，每顿饭佐以一两盅酒，对身体肯定大有助益。只要不嗜酒成性，只要不非醉不休，均无关大局无伤大雅。

但如我今天这种身体状况，显然不适合饮酒。让那种大块吃肉大碗喝酒的痛快淋漓成为过去，让过去各种饮酒的美好记忆永存心间，也让种种醉酒之后的丑态表现和对身体的严重伤害成为前车之鉴，为了人生的根本，独处时还是要战胜自己。

我记起了《道德经》中那句"知人者智，自知者明；胜人者有力，自胜者强"，最大的敌人是我们自己，每战胜自己一次，就是一种可喜的提高。

今天能管住自己的欲望，不喝这瓶啤酒，对我来说是进步，这对我经常挂在嘴边的"有酒只愁无客，有客又愁无酒，酒熟且徘徊，明日人间事，天自有安排"也是一个绝好的自嘲。

我为没有喝这瓶啤酒为自己点赞！有进步，加油。

2014 年 8 月 9 日

# 在高温炙烤下生长

> 风和太阳做游戏,看谁能让田间农夫摘掉草帽。风无论多么努力,快把人吹起来了,农夫仍然死死地按着草帽;而太阳,只毒毒地照着,农夫就摘下草帽当作了蒲扇。

高温炙烤,是秋庄稼生长的必需条件。

但 2014 之夏注定要成为历史上一个极为罕见的特例,中原大地上的秋庄稼,没有痛快成长的好运气和福分,虽享受着高温天气的炙烤,但因为缺乏雨水的滋养,大面积的秋庄稼都被活活地烤死,或烤得半死不活。用哀鸿遍地、满目疮痍来形容严重旱情之下的秋庄稼也不为过,且已经有太多的城市、农村出现了严重的饮水困难。

初伏天,虽非最热的天气,但艳阳高照,万里无云,连一丝丝风也没有。

正好是周六,按正常的生活习惯和安排,周末要到郊外漫步,是那种自由自在、让自己回归田野怀抱的散步。每天要完成一万步的快走运动量,因此,我独自一人走在宽敞的、刚刚修好还没正式通车的公路上,只觉得热浪滚滚,灼热的气流自脚下疯狂扑来。头顶是烈日火烤一般,脚下又是热浪一波强似一波,我急急忙忙赶场似的来到路边的这片野地。

　　勤劳的农人在这片荒草、山石、建筑垃圾堆积成山的空隙中开出补丁似的小片土地，地上那些顽强生长的蔬菜和玉米、芝麻、红薯等农作物，似乎都在做着痛苦的挣扎。

　　玉米叶子卷成了世上最独特而丑陋的烟卷；芝麻开的白色小喇叭花也耷拉着脑袋，了无生机，因此连一个采蜜的蜜蜂也没有；花生一簇簇的，也都像没有发育开那样，一棵一簇连一个巴掌大小也不到，叶子也都像晒干了一样，我怀疑大部分花生已经旱死；就连耐旱的红薯秧匍匐地上的形态也变得滑稽可笑，本来因为土地贫瘠，红薯生长得就差，连地皮的三分之一都没有覆盖，加上开的荒地本来就是靠天收，今年如此干旱（据说登封是遇到了 1957 年以来最为严重的旱情），可想而知这片干渴贫瘠的荒地上，红薯会长成什么样子，又在烈日的暴晒之下，像极了一条条丑陋不堪满身肮脏的流浪狗，耐不住高温天气，四脚伸展紧贴着地面，吐着血红的舌头，大口喘着粗气，既可怜兮兮又让人讨厌。

　　其实，对农事方面，虽说不上是行家里手，但我一点也不陌生，印象最深的大概就是对秋庄稼的打理。

　　跟着父辈，最喜欢的是稻田里的活计，最反感的是玉米地里的活计，最向往最惬意的是西瓜地里的活计。

　　三种农活虽都是头顶烈日，都是在最热的酷暑季节，却各有千秋，其中有苦有乐，甚至还很有些趣味。其实，这种感觉还都是停留在帮忙打下手那种程度而得来的，而不是真正作为棒劳力承担这些农活的主角，换句话说，这种感觉不是因为要养家糊口而必须承担那种重体力劳动所得来的。

　　参与稻田里的农活一般两种居多，一种是插秧，是前期的农事；一种是除草，是生长旺季的农事。

　　插秧这种活最有意思。一般的情形，未成年的我们都充当打下手的角色,就是把运到水田里或地边的秧苗,根据大人们插秧的进度,均匀地把一小捆一小捆的秧苗撒在大人们的身后,方便其伸手可将秧苗拿到,然后分成一小撮快速插进稻田,而我们这些半大的小孩则在供应秧苗的间隙,尽情在水田中打闹玩耍。虽然天气炎热,但因为是在水中作业,一般大人们会戴个草帽或斗笠,而我们则寓干活于玩乐之中,所以并不感到酷暑难耐。当时更不知道有首极富哲理的诗歌来歌颂插秧这种农事:"手把青秧插满田,低头便见水中天。六根清净方为道,退后原来是向前。"

在水稻生长最旺盛的季节,我们同父母兄长一起,及时把稻田中的杂草除去。水田的杂草生长得比水稻还要旺盛,因此容易分辨,也很容易连根拔起,拔起之后扔到路上或田埂上,让阳光曝晒,方可置其于死地。

参与玉米地里的农活主要有三种,前期除草,中期追肥,成熟时节收获玉米。

除草一般在六月的中下旬,天气尚不是太热,但为了在锄掉之后让草能及时死掉,农人一般趁一天中最热的时间进行,所以大中午太阳正毒的时候,玉米地里的人最多,田里最热闹,这也是少有的挑最热的时候下地干的一种农活。

七月中上旬,正是玉米最好的青春年华,是玉米生长发育最酣畅淋漓的季节,这个时候气候正合适,配以合适的水肥,在夜深人静的时候,玉米生长"喀喀"的声音可以听得非常清晰,也因此,在这个季节需要追肥。一般一个人在前面用锄头靠近玉米根部刨一个坑,后边的人挎着个篮子,抓一小把化肥准确地投入坑中,然后顺势用脚一踩,土入坑中正好封上化肥。过程其实枯燥无味,大多数时候也需头顶烈日,最烦人的就是这个时候玉米已一米多高,穿着长袖太热,若穿着短袖,最后腿上胳膊上全是被玉米叶子给拉的一条条血印,出的汗浸在上面,火辣辣疼得难受,因此,大人们一般都按经验行事,不论再热都穿长袖。

最难以忍受的还是收玉米。大人们满怀欢喜,收获的是成就,是全家衣食无忧的满足感,但这也是非常艰苦的劳作,未成年的我们在密不透风的地里掰玉米,可想而知简直是在受酷刑,因此,玉米地里的活计,最怕最烦的就是收玉米了。

西瓜地里的农活,一种是前期的压秧,另一种是收获期的看护,大家对收获期的看护比较乐意。

前期的压秧相对比较轻松,大多数在天气较凉爽的时候,坐在一个小凳子上工作,一手拿一个小小的西瓜铲,将已开始快速发育的西瓜秧按一个方向用土壤压紧压死,目的是防止刮大风时把西瓜秧刮乱刮断,也为了整个瓜田处于一种有序的状态,方便西瓜均匀布局并保持良好的长势。

第二种活最好,在西瓜成熟期,一般在瓜田邻路的地方或最高的地方搭个草棚,条件好些的还要搭两层,上层休息,下层堆放生产资料或暂时堆放成熟的西瓜。所谓的草棚,一层的很简单,两个人字形的木料上面架一横梁,三面用荆笆、箔子或干脆用玉米秆一围就成,上面盖一层防雨的塑料布即可。而两层的相对复杂,四根立柱要较高,然后再用四根木料在距地面两米多的位置横向搭好,再铺上门板之类,门板上再铺上草席,顶上用拱形的两根木料搭在两端,再用几根木料固定结实,用箔子抻上去加塑料布固定好也就大功告成了。看瓜田的最喜欢这种两层草棚,可以登高望远,雨天则更加享受。看瓜最大的好处,一是可以享受送饭到地头的待遇,不用干其他农活,实际是一种很好的休闲;二是可以随时随地痛痛快快随心所欲地吃西瓜,可以挑最好的西瓜吃。

走在这片荒地,看到地上可怜兮兮的忍受着干旱折磨的农作物,我的思想竟然跑到了九霄云外，跑到了至少是三十多年前的青春岁月。秋庄稼在受着烈日的炙烤，其实，这种温度这种炙烤对秋庄稼的生长是必需的，这个时期才是庄稼一生最美的时光，它在为最辉煌的成熟做着最关键的冲刺。

回过头来，我们的人生道路，又走得如何呢？我们的当下是不是也在经受着种种艰难困苦的考验？是一帆风顺的道路让我们成长得快，还是各种复杂局面更让我们的能力水准得以提高？

我们的人生不也时时处处经受着各种高温高压干旱贫瘠的考验吗？人生一世，草木一秋，感谢每一次烈火般的考验，庆幸我们每一次的浴火重生！

2014 年 7 月 31 日

# 山那边的风景

> 这山望着那山高，山那边的风景总是最好的。得不到的，也便成为永远的追求，一旦轻易得到，还有谁会百倍地珍惜？

　　年幼时，脚力所至的地方，无非就是方圆的几个村庄，童年的眼里世界也便这么大。再因贫寒，父辈们也没有带着我们远离家乡看过外面的世界，直到高中毕业已经十八岁，才因参加高考有机会到了县城。县城可真大，也许是我迷了方向，三天高考住宿的地方，我总感到太阳是从西边升起，直到三十多年后的现在，我到了县城仍然没有很好的方向感。

　　县城便是我心中"山那边的风景"。高考后，我终于走出了家乡，来到了东岳泰山脚下，从此，"登泰山而小天下"便陪着我快乐而充实地度过了最重要的四年时光。

　　也许命中注定要与山结缘，十八岁之前是泡在河水中长大的，没见过山，即使一路向北到过九朝古都洛阳，仍然是一马平川，平整的良田一眼望不到尽头。参加工作了，离家乡并不遥远，嵩山脚下一待、一晃青春已经不在，看来是要终生与嵩山相依相伴了。

　　山下讨生活，自然而然登山也便成为业余时间亲近自然锻炼身体的常态。

人们总说，山那边的世界更精彩，也因此才有了这山看着那山高，征服了一座山峰，回头望，风景如画，心旷神怡，有成功的喜悦；抬头看，前边山峰更高，未知的风光更有诱惑力，更能激起攀登的勇气和征服的欲望，向前，便理所当然成为了不二选择。

山高人为峰。人站在高山之巅，俯瞰四方，众山臣服于脚下，自有一种说不出的豪迈。登珠峰，为什么叫征服？那是一种对生命极限的挑战，是以生命为赌注的冒险。登山路上，多少勇士将生命交给了雪山，但正因为艰难和危险，才吸引更多的勇敢者前赴后继，续写着一曲曲悲壮而宏丽的诗篇。

"世界那么大，我想去看看"，目的同样，是为了山那边的风景。一方面为这位年轻老师的真诚和勇气点赞，一方面可以判断此君有着雄厚的实力，其现在拥有的一切，或者说其能力足以支撑其看世界的愿望。对我们常人来说，能有实力支撑来一场说走就走的旅行也不是一件轻而易举的事。

愚公挖山不止，更是同样的梦想，为了山那边或者山外边的风景。在愚公们的眼里，其实走出大山才可能会有更大的发展空间，而被困于山中，一辈子连饱暖问题也不能得到根本解决，更不要说子子孙孙接受良好的教育、得到更大的发展了。

多少人，终生难以走出深山老林，外面的世界再精彩，因为没有开过眼界，因为贫困落后，没有能力走出那狭小的山村。据说，大山深处散落的村庄，现在还有没有通上电的地方，这不知道是不是真的，但我亲眼见过还吃不上干净卫生饮用水的人们，而他们就在我们现代文明生活周边不远的山里。

世界那么大，我想去看看，这种浪漫主义情怀，其实是人生基本需求已得到较好满足之后发出的呼唤。现在这个社会，就业还不是那么轻松，找一份比较满意的工作还相当困难，而大量的劳务工还停留在仅仅养家糊口阶段。能随随便便说一声"我想去看看"就放弃了较好的工作，这很让人想起社会上的富二代和官二代，良好的资源背景，可以让特立独行的人很任性。

放弃了当下的整个世界，无非就是放弃了精神的枷锁，只要看够了外面的世界，眼界开阔了，其能力和资源足够让自己重新选择更有意义的工作和更有价值的生活。自由王国，让人不仅仅是羡慕嫉妒恨，也让我们产生强烈的自我完善自我提高的迫切愿望，自己有了足够的能力，也便可以随心所欲到山的那边去看看风景，否则，坚守阵地、打好基础、做好眼前，才是上佳的选择。

山那边的风景很美，但首先要学会欣赏脚下这片土地上的风景，每个人都拥有一块属于自己的精神领地，精神充实而生活快乐，然后再将美好的愿望变成能够到山那边看看的能力，套用一句广告语，山顶虽好，也要量力而行呀！峻极于天的山峰，征服的人就寥寥；沙漠中跋涉的人，必有强健的体魄和足够的给养。

追求走更远的路，看更好的风景，是人之常情。谁的心中没有梦想，谁的梦里没有美好，让美好变成现实，让梦想变成现实，唯一的途径就是意志坚定、脚踏实地、方向正确、锲而不舍！

修行没有终点，努力没有尽头，想到山外看看，能来一场说走就走的旅行，别无他法，朝着心中的梦想，现在就出发，夙兴夜寐，风雨兼程，不达目标誓不罢休，总有一天会登上山顶，领略无限风光在险峰的乐趣，体会风景这边独好的成功喜悦。

2015 年 4 月 20 日

阵阵清风

孤独徘徊在荒郊野外，

似火骄阳，

要烤干万物的魂魄；

闷热的天，

笼罩苍穹，

将所有烦恼一网打尽。


忽然，

飘过一阵微风，

从发梢到心房，

瞬间一凉，

唤醒心中清梦。

# 独处守心

群处守口,独处守心。心不动,则行无错。祸从口出,病从口入。口乃心之官也,管住了心,也便管住了口,管住了口,可得一生平安。

当下风靡一时的集体活动是小苹果版的广场舞,市场广阔、控制人数最多最牢的是微信,最能反映社会热点的是形形色色的段子,尤其是饭局上的段子更是炒得焦黄,无酒不成席早已老气横秋,饭局上没有各种荤素搭配的段子,就像少了一道硬菜,或者像是一桌子山珍海味却没有放盐一样寡淡无味。

段子自可以活跃气氛,或幽默风趣令人捧腹,或针砭时弊让人痛快淋漓,或高雅含蓄让人如沐春风,但也出现了许多荤段子,骂人不带脏字,有时候却不合时宜,甚至大煞风景,不仅没有起到好的效果,反而降低了聚会的质量。这些段子粗俗不堪,让人脸红心跳,周身感到不自在。

段子手,不可走向极端,不可作为炫耀才识或恃才傲物的手段。黄永玉有着取之不尽用之不竭的段子,他说,他作画和鸡生蛋没有什么不同,第一幅画和第三幅画,就同鸡生的第一枚蛋和第三枚蛋一样,没有好与差的区别,只不过,鸡生蛋后要叫几声,而黄大师完成一幅作品以后却从不声张。

常言道,群处守口,独处守心,老话说得很有道理。

讲段子,没有一定的社会阅历,没有一定的控制水准,往往在不自觉间就易走向偏差,轻则坏了气氛,重则犯下不可饶恕的过错,更会应了那句"言多必失",或"讲者无意听者有心"的古训。

给嘴巴加上一把锁,总体来讲还相对容易一些,慎言,在很多时候是易于做到的。

总体上,人的活动场所无非三大环境,人在其中分别扮演着三种角色,一是家庭角色,二是社会角色,三是大部分人都有一个工作或服务的集体,要扮演团队角色。

家庭中可以最随便,言轻言重,家庭成员一般都会担待包容。单位最重要,一周绝大部分时间在工作单位,和同事领导天天相处,信口开河要不得,伤人之语要不得,一定要牢记"背后莫论人非",伤感情的话慎讲,自高自傲的话少讲,轻视别人、有辱他人的话不讲,指出别人不当、不足的话要以委婉的方式讲。否则,职场中,看不见的人际关系就会轻而易举地禁锢甚至封杀一个人。社会角色中,只要社会影响力有限,人微言轻,语言只要不具有攻击性,自可保一生平安。棱角特别突出,或具有攻击型性格障碍的人,则可能在社会上因言语不当而屡惹是非。

当然守住嘴是一种表象,最关键的是要能守住一颗容易躁动的心。只要守住心,能心如止水,自然就不会口无遮拦,随随便便不分场合不看对象地只管信口雌黄。

覆水难收,有些人为逞一时之快,一句话就可能毁掉一生的前程,太多的人事后可能肠子都悔青了,可说出去的话,无论如何也收不回来了。那个普通的饭局上,《智取威虎山》算是一个当惊世界殊的段子,真的红遍了世界,让当下热闹的乱糟糟的舆情如同火上再浇了一桶油,熊熊火苗腾空而起,引出一场热闹非凡的舆情大戏。结果,那个著名的当事人从此成了悲剧的代名词。

口乃心之官也,口中所言正是心中所念。心中想什么,其实最能真实反映一个人的价值观念和是非标准。可心中想什么,大多数的人都能隐藏极深,口中所言早已经过了反复包装认真修饰,也因此才有了所谓的笑里藏刀、言不由衷。

有人说这是咎由自取。或者说,肯定没有修好自己的心,平日里在很多场合重复而精彩地上演了 N 多次,曾为自己赢得了无尽的"掌声和赞誉",其实这才是最真实的想法,根本不用考虑,信手拈来,脱口而出,已经成为习惯动作、保留节目,成为哗众取宠的拿手好戏。

此也成为"成也萧何败也萧何"的又一生动例证。此公反应机敏、伶牙俐齿、卓有才华而行走于江湖、成名于社会、暴富于世俗场中,然后恃才傲物,最终则败亡于口无遮拦。巨大的成功容易导致巨大的膨胀,使人绊倒于信口雌黄和张狂妄言,其祸害起于能说会道,最终为名利所累,为才华所毁。信口开河,守不住一张妄言是非的嘴,难免必须承受道德舆论的谴责,甚至于其他惩戒也便成为题中应有之义。说到根源,此公还是心有波涛妄想,没能守住自己的心,没有做到社会名流所应该符合的标准。

呜呼! 一日当三省吾身,越是成功之人,越要注意修炼心性。在一定的领域或一定的平台上久居高位,往往就会迷失自己。比如一个久演君王十分成功的人,就很容易混淆角色,在现实生活中时不时地把自己视同君王,举手投足、言语腔调无不神似几欲乱真。在这种时候,角色的偏差,就易造成行为的偏差。更有甚者,会异想天开,自认为可以君临天下,为所欲为,想怎么说就怎么说,想怎么做就怎么做,反正自己永远都是应者如云,掌声相拥。久而久之,心灵圣地就会失去免疫能力,一旦杂草丛生,再想清理就不会那么容易了。

独处的时候，是精神活动最丰富的时候。还拿黄永玉大师的一个段子来做比喻：创作一巨幅作品，就像控制着一百只横冲直撞想要逃命的螃蟹一样！

夜深人静的时候，曲终人散的时候，繁花落尽的时候，一个人静静呆坐着的时候，看看走过的人生路，面对着功名利禄、尔虞我诈、世态炎凉的现实，再想想自己寸功未立或者回想到各种不公平的经历，还能不能守住一颗平静的心？

成功者位高权重、声名远播、富可敌国，这种状态之下，还能否淡泊名利，依然保持着清明的、旷达的心境？有没有饱暖思淫逸？这个社会，人一旦有了点财富，有了点权力，有了点声望地位，心思大多不往好的地方用，还怎守得住一颗朴实的心呀！

想一想，就连我们这些普通百姓，平时是不是也有很多可笑荒唐、愚不可及甚至贪婪庸俗的想法？

守住一颗心，方能管得住一张嘴。管住一张嘴，我们才不至于轻易地惹祸上身，从而毁掉我们正常的、自由自在的生活。

2015 年 4 月 29 日

# 懂得感恩

> 感恩是天经地义的操行。不懂感恩，将失却为人的根本。恩将仇报的人，有谁还会为他捧场？

感恩是做人处世的基本要求，属于道德范畴。不知感恩的人不多，但也有，经常看电视频道上的一些调解栏目，曾见一些兄弟姐妹因为父母的赡养问题闹得不可开交，甚至成为仇人，连最基本的人之常情——孝道都无法做到，更遑论对父母生养之恩的报答了。

还是从那则《农夫与蛇》的寓言故事说起。农夫在冰天雪地看见一条正在冬眠的蛇，误以为其是冻僵了，就把它拾起来，小心翼翼地放进怀里，用体温温暖着它。那蛇受了打扰，被惊醒了，用尖利的毒牙狠狠地咬了农夫一口。农夫受了致命的伤，临死的时候痛悔地说："我欲行善积德，但因自己的无知，反而害了自己，遭到这样的报应。"说完就死去了。

故事很简单，结局却很残忍血腥，目的是警示世人，不可盲目行善，也教育被救助者要懂得感恩、学会感恩。

谴责蛇，毫无意义，蛇咬人是天性；谴责像蛇一样的人，有一定意义，更主要的还是警示农夫的愚昧和他的错误行为。

　　人在社会上行走，会遇到各种各样的人和事。每个人也在和各色人等打交道的过程中办成了很多事情，从而了解更多的人，并完善自己的人格和行为，其中，懂得感恩就是一项重要的修行。

　　况且还有很多人帮助了我们，而我们一生也未必会知道，受人恩惠却完全不知情。

　　这有两个平常的例子。第一个，说是一位疲惫的行路人躺在路边睡着了，此时一条毒蛇爬过来，眼见行路人就要被蛇所伤，一个过路人果断地赶走了毒蛇，没有惊醒行路人的好梦，就悄悄地走开了。行路人一生都生活在他人的恩泽之中，但他永远也不知道那天熟睡时发生的一切。第二个例子，某君晚上回家后偶然发现阳台上的灯还亮着，就要去阳台关灯，被他的妻子拦住，原来，窗外的路边有一辆装满垃圾的三轮车，车上坐着捡垃圾的夫妇，他们正沐浴在从阳台投射出的温润的灯光下，边说笑边开心地吃着东西。看着灯光中的那对夫妇，楼里的夫妻相视一笑，静静地退出了阳台。窗外那对夫妇可能永远都不会知道，在这陌生的城市中，有一盏灯是特意为他们点亮的。

　　这种故事，听起来就感觉十分温暖。我们受人之恩，有些自己知道或能感觉得到，而很多时候，在骄阳下，在暴雨里，在困难时，在绝望中，在漫漫的人生路上，有很多人伸出了援助之手，付出了关爱之情，给我们很多的恩泽和帮助，帮我们渡过了难关，迈过了坎坷，战胜了一个又一个危机，迎来了一个又一个机遇，而我们却一无所知。人生就是这样，不知不觉之中，时时处处会受人之恩、受人之助、受人之爱。

　　正因为我们处于有大爱的社会，所以感恩要成为常修之德。

　　懂得感恩父母、亲人，才能扮演好家庭角色。修身齐家治国平天下，中国传统文化极力倡导先要修身齐家，而后治国平天下，更有"一屋不扫何以扫天下"的劝诫。不敢想象，一个对父母养育之恩尚不知报答的人，会是一个性格完整、能为国家建功立业做出贡献或者牺牲的人。百善孝为先,对父母双亲一定要知恩图报,"乌鸦反哺,羊羔跪乳",可以说,凡是对父母不尽孝道的人,在社会上口碑均不佳,往往是社会舆论口诛笔伐的靶子。

懂得感恩帮助过我们的人,才能扮演好社会角色。人不是活在真空之中,时时刻刻要与形形色色的人打交道,随时随地都可能得到别人的关照和帮助。最简单的做法,我们要报之微笑或说声谢谢,这对助人者是一种温暖,会激发助人者与人为善的本能,鼓舞他不断地释放、传递正能量;而对我们成长发展有过重大帮助的贵人,我们更要投桃报李,滴水之恩当涌泉相报,记住别人的好处,时刻温暖自己的心,激励自己不断变得更加优秀,以帮助更多需要帮助的人,为社会为国家做出更多更大的贡献。

懂得感恩为你提供发展平台的集体,才能扮演好单位角色。家庭是社会的小细胞,每个家庭和谐平安,则社会就会基本稳定平安。单位则是较大的组织形式,有了这份工作,有了这份劳动报酬,才有了维持家庭正常生活的基本保障。单位能够正常稳定发展,才能为单位中的每位成员提供良好的生活、发展保证。因而,单位中的每个个体,就要忠于这个集体,感恩这个集体,不做损害这个集体的行为,要为这个集体的发展壮大做有益的事情,而不能成为单位的毒瘤和累赘,侵害单位的肌体。懂得感恩所在的单位,多补台,多支持,而不是贪得无厌,费尽心机做损公肥私的事。单位为大家提供了人生、事业的平台,为每个成员遮风避雨,为大家架起一道安全网,撑起一把安全伞,单位好了受益的是大家,每个成员自当发自内心地感恩且更为努力地工作。

懂得感恩这个社会,才能扮演好合格的综合性角色。现在喜欢抱怨的人很多,端起碗吃肉,放下碗骂娘,好像整个社会都对不起他,这很可怕。试想一下,有哪个时代给我们提供了如此丰富的物质享受,给我们提供了如此多样的娱乐休闲方式,给我们提供了海量的信息资讯,给我们提供了充足的就业选择,给我们提供了公平公正的竞争舞台,给我们提供了充分展示自己聪明才智的发展空间,让我们享受并拥有着社会发展带来的一切成果和福利。肆意地偏激地攻击某些不足,其实是没有感恩之心,不明报恩之理,实属妄发佞言。

知恩,报恩,方可积善种德,不断收获福报。有些人命运多舛,路越走越窄,通常都需审视自己的行为,连一个普通人都做不好,社会就不会对他宽容接纳,对他伸出的援手就会越来越少。

积善之家,必有余庆;积不善之家,必有余殃。人为善,福虽未至,祸已远离;人为恶,祸虽未至,福已远离。做一个知恩、报恩的人,是最基本的要求,不论对人对己对单位对社会,都有百益而无一害。

人人都懂得感恩,社会就会惠风和畅,人与人之间肯定其乐融融。而更多的时候,我们是在不知不觉地受人之助,沐人之恩,一辈子都不会知道有那么多的贵人在暗中相助;而对待我们的恩人,有恩必报,肯定是应尽之义,倘若这也做不到,那做人是不及格的。

感谢那些给过我帮助、施我以恩泽的人,我会永远祝福好人一生平安!感恩为我提供生存土壤的单位,我将为你的发展壮大倾尽心力、毕生奉献!感激这个美好的社会,有了更多知恩图报的人,社会一定会越来越兴旺、发达、文明、富强!

2015 年 5 月 7 日

# 声息暂寂

深水静流，喧嚣往往败露枯槁；浅水喧哗，沉寂并不代表肤浅。低调，正是堪担重任的表征；张扬，很多是为赋新词强说愁。

好长时间没有静下心来写点东西了，这是对自己最大的不信任，也是对自己最大的不负责任，但自己往往原谅自己，冠冕堂皇地说，道法自然，一切顺其自然！其实，只有自己心里最明白，这是在为自私和懒惰开脱，是一种原地踏步、不求上进的精神状态和生活态度。

一方面的确很累，在身累、心累的过程中迷失了自己。天天处理不完的烦心事，有些甚至是巨大的精神压力和生存状况的严峻考验，真是因忙碌而搁置了手中之笔。正应了那句老话，在匆匆忙忙的人生道路上跋涉得久了，往往会忘记最初的目标。我们天天忙得不亦乐乎，到底是为什么？

另一方面，随着年龄的增长，精力真的大不如前，原来中午从不休息，下午也不会有什么疲惫的感觉，忙碌一天晚上照样精力充沛，不到深夜时分从不上床睡觉。可如今，江河日下，正当壮年却现老态龙钟之征兆，真不是一个好现象。但若能老到而成熟，那就自然要另当别论，我也便能心生安慰。

最重要的，我想还是思想上没有比较成熟的东西，没有直击灵魂的感触，人云亦云，还不如声息暂寂。沉淀之后，有话要说，有话当说，自然而然的心灵流淌一定会更加顺畅。

浅溪喧哗，深水静流，很多时候我常以此搪塞，其实我真正的内心活动，感觉到的是无话可说、江郎才尽的窘迫。即便有了一丝灵感闪现，但一旦付诸笔端，就又很有些无病呻吟的味道。我写东西，固然达不到语不惊人死不休的程度，但起码，自己这关还是要勉强过去才行。

还记得一个喧嚣和真相的故事，写出来顺便排遣一下当前这种寂寞的心绪。某君在检察院工作期间，曾遇到这样一个官员，他平常穿着非常朴素，上下班骑自行车，给人非常廉洁的形象。他每次开会都要大张旗鼓、义正词严地抨击贪污腐败。不久，检察院从他床底下搜出了几百万元人民币，于是，真相就把贪官关于廉洁、关于反腐败的喧嚣给打破了。

事实胜于雄辩。声息暂寂，比总刻意弄出些动静来证明自己的存在，是一种更合适的选择。

不出声并不是不存在，声音大并不是就一定存在。世界本身就是充满怪异的能量体，努力追求的东西有时候却距离我们越来越远，比如我们追求完美无瑕的爱情，她却只在影视作品和鬼怪志异中存在；现实版的爱情都和柴米油盐酱醋茶紧密相连，都接地气有泥土芳香的气息。

想到此，我再一次释然。我等着我的自然沉淀，正如一坛老酒需要久久地存放；更如一盏普洱老茶，在慢慢地发生变化……

2012 年 12 月 15 日

# 请问何处不如君

　　每个人都是一座山，都有属于自己的一方天地。勇于攀登，挑战自我，在前行的路上就可以与强者比肩。

　　新的一年，自然又有不同的感悟，对世事，对人生，对情感，对友谊；又增一岁，免不了有更多的感慨，对功名，对财富，对健康，对理想；两鬓初霜，岁月的印记悄无声息爬上心头，致使心头痒痒，咽喉发堵，感觉有点慌张！

　　早已过了四十不惑的年龄，正在步入知天命的途中，因此，才会再次发出这种感叹：请问何处不如君？

　　但这次的感叹，与以往内心的感叹已经有了本质的不同。这次的感叹，首先是大声说出来的，更像是自我认知之后的自嘲；不是一种比较，不是一种伤感，不是一种赌气，更不是一种妄自菲薄。

　　很多时候，曾经这样在心里暗暗地问过，恨恨地问过。当遇到一些不如意的时候，这样问过；当遇到一些不公正的时候，这样问过；当遇到一些想不开想不通的心结的时候，这样问过。其实，我们每个人恐怕都会在人生的道路上这样一而再再而三地问过。

　　人生四个苦恼：放不下，想不开，看不透，忘不了。其中的"想不开"，恐怕主要还是因为对自己看不透，老是和别人比较，念念不忘于"请问何处不如君"。

幼年时期，弟兄姊妹之间，往往因为衣服玩具食品之间的微小差异，甚至是长辈多一丁点儿的关爱，就哭闹不止，其原因，也是一个简单的比较，请问何处不如君？为啥君有我却无？

上学时期，这种比较倒是要求上进的原动力，能够促人追赶先进、力争上游，激发自己的潜能。大多数人都曾经是这句话的受益者，经常和成绩名列前茅的同学竞赛，并因此而不断地进步。

参加了工作，这句话却给了我实实在在的打击。与同事相比，自己进步的速度明显慢了下来，甚至是长期止步不前，再扪心自问"请问何处不如君"，差距就显而易见了。出身于贫民，祖祖辈辈土里刨食，没见过什么世面，没有什么可资依赖的人脉资源，性格也有很大的局限，得出的结论自然是：可利用的资源少，发展空间自然小，发展进程肯定慢。

可反过来看，事情似乎不完全是这么回事。多少成功人士，起点远远比不上我们，却靠着一点点积累、一点点突破、一点点超越，慢慢地崭露头角，不断地取得进步。

成功有偶然性，但大部分成功者都有其成功的必然基因，天时地利人和，恰到好处，合理搭配。天时，同时代的人面对着同样的生存土壤，多少风流人物尽显风骚，大的环境基本一样。地利，即得益于一个人所处的环境，地缘优势，在不同的地域发展或创业，区别往往比较明显，之所以江浙沿海出富商，老板云集，而中原大地外出打工人员居多，便因地利不同，造成观念之差，成就也便大不同。人和，才是一个人成功的关键因素，自己的努力，加上正确的方向，合适的方法，是一个人能否成功的决定性因素。

事业发展的历程中，充满自信必不可少。要有坚定的信念，相信通过自己的努力一定可以不断取得进步。但同时，在实践的过程中，特别是在屡试不成或一条路总是走不通的情况下，再强行地盲目自信则是不可取的态度。

毕竟，成功的标杆有多种，不分情况不看形势，老是和自己较真，可能只会更深地步入误区或泥淖。有时候，坚持到最后一刻可能会取得成功，但如果方向不对，坚持得越久则损失越大。在自己对自己认识不清的时候，在追求的目标不可企及的时候，在头脑不清判断不准的时候，如果坚持"试问何处不如君"，那只能一败涂地，贻笑大方。

记得有首《鹅赠鹤》这样说："君因风送入青云，我被人驱向鸭群。雪颈霜毛红网掌，请看何处不如君？"十分形象而风趣。残酷的现实中，这样的例子比比皆是：基本类似的两个个体，为什么一个能青云直上，创造奇迹，做出重大贡献，而另一个则平平常常？

好风凭借力，送我上青云。能够借力乘势而上、合理利用各种资源，也是人与人软实力的差别之一。

现实很残酷，我们都有很深的体会。和我们条件一样的人，很多人比我们做出了更大的成绩，我们眼馋，羡慕；也有很多人，和我们条件一样，但一直没有我们的成绩大，我们则可以因之得到一些安慰，找到一些满足。人，其实永远是一个矛盾统一体。

饱经世事沧桑之后，在需要激发勇气、战胜困难、勇往直前之时，拿"请问何处不如君"作为精神支撑；在需要平心静气、冷静思考、正确面对的时候，用"请问何处不如君"来权衡优劣、适时调整，这些都是聪明之道智慧之举。

多从反面思考这句话，自会给我们更多理性的提醒。事实上，每个人都有自己独到的长处，也都有不足之处，只不过，我们往往会高估自己的过人之处，忽视或小视缺点不足，经常错误地得出"我很优秀"的结论。

　　的确，你很优秀，但优秀不一定能转化为优势，也因此很难在激烈竞争中脱颖而出，反而是低调做人，一次比一次做得更优秀，高调做事，一次比一次做得更出色，最终才有可能登上成功的高地。

　　比人之长勇敢超越，看己不足弥补短板；有不如君处坦然面对，有强于人处不张扬自傲。踏踏实实做事，堂堂正正做人，光明磊落接物，今天的我们强过昨天的自己，如此坚持下去，何愁自己没有施展身手的舞台？

2013 年 1 月 6 日

# 因何在此？

因为迷失了心性，满足了现状，停止了脚步，因此，只能停留在这不上不下、尴尬万分的位置。这也是前世的缘分，今生的修炼，决定了只能在此驻足，羡慕同伴的辉煌，嫉妒同事的超越，憎恨自己的懒惰。

在各种俗务忙碌之余，特别是在十分安静的时候，我们常常会扪心自问：我对现状满意吗？我为什么会在这个地方？我走过了一条什么样的人生轨迹？我影响了多少人？多少人曾给我们无私甚至巨大的帮助？

其实，这是一种随机事件，完全是一种机缘巧合。人生就像天空中的一片云，被很多偶然事件的洪流裹挟着，不定遇上什么情况，成为一粒具有生命基因的种子，飘飘洒洒，伴随着某一阵风，就落在了世间的某个角落，然后扎下根来，发芽、开花、结果。

现在这种境遇，有多少是主观努力的结果？多大程度上达到了父辈的期望？又在多大程度实现了童年的梦想？

估计大家都有一个共同的感觉，很多因素全是天意。顺着人生的河流漂泊，我们曾经努力地奋斗过、挣扎过，可究竟又对现在的境况有过多大的作用呢？似乎完全是一种自然而然、水到渠成的结果，我们不知不觉就成了现在的样子。

都向往大都市富足光鲜的生活,可除了出生在大都市的人们,能有几人跻身其中?

生活在偏远乡村的人们,谁不想更进一步,在城市谋份工作、弄一套房子,改变一下身份,但如愿者似也不多。

人人都盼望着能够实现自我价值,能够在金字塔的架构中更向上一层。职场之中,更为明显,这是人之常情,无可厚非。可是面对已经青春不再,尽了心力,辛辛苦苦拼搏了多年,基本定格的位置,怎不让人暗自神伤,心中难免一次次地问"因何在此"。

先天资源和禀赋占较大的比重。不少人一生都不会离开出生地,并且父辈的地位基本确立了自己一生的定位,沿着父辈给规划好的人生轨迹向前运行,或站在巨人的肩膀上更上一层楼,或在父辈的庇佑之下过着悠闲自得的生活,即:家庭出身对很多人的前途命运,以及所能取得的成就具有重要作用。

个人的努力占半壁江山。上了大学谋到了出路,参了军找到了工作,做生意创出了一番基业,这几种情况占的比例较大,普通人一般走的都是这条路。

不管受没受祖上的庇护,得到周边人的支持和帮助却自始至终伴随着我们成长的全过程。不论对现状是否满意,不论现在所处的位置多么尴尬,我们必须承认,这一切的结局通常都是自己制造的,怨不得别人,怨不得社会,只是我们付出的心血、付出的劳动没能换来自己理想中的位置和待遇,我们只有修正自己为人处世的理念和方法,或承认自己的天分、能力不足。为什么同样一件事情,别人处理得那么迅速,那么周全和圆满,而我们却总是不能按时完成任务?不必担心"木秀于林",只有优秀的表现,才能帮助我们脱颖而出。

别总听成功学的忽悠,成功从来难以复制;宜多听失败的案例,只有失败的教训才能给我们更多有益的启示。听多了成功学,我们会对

"因何在此"产生更多的焦虑,从而可能失去理性分析的态度,并有可能产生出社会不公、怀才不遇、伯乐难求等心理魔障,不利于自我改善和提高,最终导致破罐子破摔、放任自流的状态。

能有"因何在此"的疑问,也就有了敢于直面自己"不太成功"的勇气和清醒,既然我们还有差距,就要好好地找出差在哪里。人与人的差距只有两个方面:做人和做事。

做人最重要,是根本,做人的失败注定一生难以成功。作为一个个体,自己是否优秀?是否各种综合素质能力趋于完美,在一个集体中发挥着重要作用?作为集体中重要的一员,是否大多数时候能帮得了别人,别人也乐意与你合作共事?想清楚了这些问题,也就找准了自己做人的差距,找准了努力改进的目标。

然后是做事。唯有那些踏踏实实从不挑肥拣瘦且能把事情做好的人,路才能越走越宽。

在此,用那个尽人皆知的"二八定律"来作分析佐证:在一个集体中,20%的人承担着80%的作业量,也有20%的人占有着80%的各种资源,做事的20%的人享有着80%的晋阶升职机会,不做事、做不成事可能很少会有提拔重用的机会。做那个想干事、能干事、干成事,把事情做得漂漂亮亮的人,做一个单位需要、同事依赖、领导赏识的能干成事之人,何愁发展的前途不一片光明,何愁在一个位置踏步不前甚至倒退?有了人品、有了能力,自有很多发光发热的机缘。

当然领袖人物要另当别论,他在一个集体中起着定海神针的作用,可以一呼百应,决定着集体或时代前进的方向,领袖人物很多方面都出类拔萃、异于常人。

因何在此?我们必须平心静气地做出客观的分析,做人有哪些不足?做事有哪些缺陷?我们是不是被大家认可的人、需要的人?我们所做的一切是不是对别人没有损害,是既利己又利人,还是经常损人利己？

　　自己的命运掌握在自己的手中，我们能走到现在这个位置并且将走向下一个什么位置，关键看我们如何去做人、做事。别人既是旁观者，也有可能在上坡的时候帮你一把。要成就自己，决定因素在自己，我们的所作所为决定了我们能走多远。

　　在未来的人生道路上，做最优秀的自己，走好需要自己艰苦跋涉的路。在不断攀登的过程中，祝愿每个人都能到达心中理想的位置。

　　这样，我们不仅可以减少"因何在此"的伤感和困惑，而且还能够因"能在此处"而继续努力向前！

2015 年 6 月 23 日

# 借这方清月回家

明月几时有,把酒问青天。天上清月圆,照醒多少愚痴的心。人生,有几许清醒的时刻,因此,除了酒之外,茶便粉墨登场。喝茶赏月,才悟出点儿禅机道缘。

人生路上跋涉得久了,往往会忘记当初为何出发。

路上风光旖旎,有无数开满鲜花长满异草的捷径在召唤,有弯弯曲曲山路上小鸟鸣唱的诱惑,还有那清澈的淙淙溪流,结满累累硕果的果园,更有许许多多让人心旌摇动的美好瞬间,因此,我们才会流连忘返,甚至因痴情而迷路。

春有百花秋有月,夏有凉风冬有雪。若无闲事挂心头,便是人间好时节。

秋天的月亮与万物的收成如同一对孪生兄妹,朗月高悬的时节,便是硕果累累的时候;年轻人多情怀旧的时候,便是大人们收获播种的季节。

秋天,注定了丰硕的内容,承载了太多的感情。这是一个赏月的季节,更是收获的时令;这是一个浪漫的季节,更是觉醒的时候;这是一个多情的季节,也是触发文人墨客才子佳人抒发内心情思的佳日。

有一种情怀为这个季节而备,有一种感叹为天上的明月而来,扯一缕秋风做一件拉风的旗袍,装扮成民国女子的模样,明眉秀目藏不住跨越百年的忧伤;裁一片清月植入耀眼的剑锋,追随骑马征战的英雄,威风凛凛透露出驰骋天下的勇猛。

一个偶然的机会,在这样一个夜晚,秋月朦胧、鸣蝉独奏的意境之中,我随朋友误打误撞,当然更是机缘已现,来到了品茶、问道、修心、参禅、礼佛之圣地——禅心居,她坐落在千年古刹少林寺南侧,掩映在苍松翠柏之间,紧邻少林水库百亩水面,是一处十分幽静、保存完好的古院落。

正应了那句"心无羁绊在,处处桃花源",可又因身在红尘中,何处得宁静?

禅心居,梦中到过,从未来过。一旦来过,她会洗尽你的征尘俗垢,洗清你的五脏六腑,洗净你的尘缘牵挂,洗掉你的恩怨情仇,甚至洗去你的功名利禄之念。

我曾来过,在一个秋月之夜,平生愿足矣!

虽然是晚上,但能感觉到,这个地方是个适宜清修之地,没有喧嚣,没有吵闹,没有红尘甚至没有利益,一切都轻飘飘的,如禅心居主人陆大师点的禅香,若有若无,似曾相识;如大师泡的香茗,明明喝过,却平淡中赋予了神奇。

听大师谈禅,便是茶中的滋味。

同样的茶,不一样的人喝,味道大不一样。

喝茶,解渴是一种层次;消闲,是一种层次;品味,是一种层次;修道,是一种层次;升华,是一种层次;开悟,是一种层次;完全忘我,又是一种层次。

茶,如何来到了这里?用什么水泡?与什么人喝?同人生的偶然是不是有点类同?

一株常青藤,从两三片叶子,到现在顺着一面墙爬上了房顶,是不是很有点意思？这里面有没有一些禅意？

红尘之中，忘掉自己，便离禅不远了。

"忘掉自己"，我一边自言自语，一边满腹的疑惑。

红尘之中，没有出世，摆脱不了社会利益的博弈，如何能忘掉自己呢？

要忘掉自己，忘掉自己的什么呢？肉身，还是精神？

还是问天上的明月吧，自古就有把酒问青天的传统。

借方明月照见来时的小径。能来到修身养性、参禅拜佛的禅心居，是我许久修来的缘分。在修行的路上，跌跌撞撞，也曾碰得鼻青脸肿；在人生的苦旅，苦辣酸甜，尝尽了百味。从哪里来，到哪里去，追求什么，得到了什么，有什么样的付出，又走了一条什么样的心路？在禅心居，品着禅茶，观赏高远疏朗的月，我似乎看清了这条依稀可见若明若暗的来路，弯弯曲曲，从家乡的河边小村庄，到繁华的都市，再到现在这个稳定的职业，一路走来，平平淡淡，多少人曾经帮过我，我在生活中遇到了多少值得一生感念的贵人，是他们助我一路平安！

借缕缕清辉照醒混沌愚顽的心。曾费心劳神要追求成功，曾殚精竭虑地拼命赚钱，曾奋不顾身地向上登攀，甚至牺牲健康也在所不惜，到了禅心居，看懂了一些东西，哪些才是最重要的，值得珍惜和拥有，而哪些只是浮云，只是麻痹我神经、搅乱我心志、混淆我思维、扼杀我良善的毒药！金钱有价，健康无价；当官是一时，做人是一世；高处不胜寒，平地无惊雷；求天求地求神拜佛，不如老老实实靠自己，脚踏实地自食其力；哪里有永远的朋友，只有永远的利益。

借片月光照亮明天的行程。今天的懵懂，放在月色中洗净，借着月儿的清辉，照亮明天的行程。明天的路该怎么走？此地此情此境，早已心知肚明。人生的意义，看每个人的造化，能力大，可以多做点贡献；能力一般，起码也要不给别人添堵，不给社会添乱，不给亲人增加负担，不给朋友制造麻烦。做普普通通、善良本分的一员，足矣！毕竟，我们都距离伟人太远，我们只是最普通最平常的百姓。还是做好自己吧，健康自由乐观，微笑面对我们遇见的一切机缘。

借点月色陪我回家。还记得，寺院里那个高僧，看到小偷没有偷到任何东西，而时值深秋天气已凉，高僧就把自己的袈裟为小偷披上，让他御寒。高僧的理论是：借一片月色为这个可怜的人儿照路。其实，我们每个人，在大自然面前，在冥冥天道面前，谁又不是渺小孱弱得可怜？今天的威风八面，明天是否还能锦上添花？今天富足甚至光鲜，未必明天仍能得雨顺风！趁着这短暂的清醒，我愿借今宵的月色，照亮来时的小路，陪我回归精神的家园！

从此之后，我的精神家园不再孤单，禅心将伴着这月影月景月色永驻心田。

2014 年 8 月 28 日

# 青草的味道

每一阵清风吹过,都会有青草的淡香飘来,绕着这片花园散步,心如止水,看红尘摇曳,听风对草言,感自然变幻,守护着这方宁静的心灵家园。

单位前院是块绿地,成为我工作之余漫步散心的绝佳去处。

习惯了每天早、晚散步各半个小时,每天不走够这一个小时,总感觉缺点什么,身心也调整不到最佳状态,因此,散步一个小时慢慢就成为日常生活中不可或缺的习惯。

酷暑盛夏,万物铆足了劲儿,朝着辉煌生长。

满园的春色,首先从姹紫嫣红的各种鲜花走入人心,再就是占尽春色、整个花园里旺盛生长的草坪摄人魂魄。

我的地盘我做主,小草们当仁不让地成了这个世界的霸主,倒也真有横刀立马舍我其谁的气势,脚踏大地朝着春天朝着阳光蓬蓬勃勃地生长。

这个季节,确也真是小草们的春天。历经冬天的磨难,委屈地匍匐生存于地表,透点儿阳光呼吸点儿新鲜空气都是奢求不得的事情,一旦有了这种机会,何不伸直懒腰痛快地长高长大?

我用尽全力,拼命地呼吸这久违了的香气,这是一种十分特别的、淡淡的青涩的味道。

随着修草师傅的足迹,绕着草坪一圈又一圈,不知转了多长时间,我早已忘记了周遭的一切,更忘记了我真身的存在。

思绪一下子就飞回到数十年前的青少年时代。

十几岁的光景,和同龄人一样都在本村上学。那年代,还是人民公社某某生产大队第几生产小队的管理体制,一切以生产资料公有制为基础。

生产队有牲口院,这也是集体时代的产物。牲口院在生产队的队部旁边,生产队一般在前院组织各种活动、安排各项农事,比如开社员大会,收缴公粮,组织逢年过节的社火,翻晒棉花粮食等,后院右边一般是库房,左边饲养生产队的牲畜,再左首肯定是大粪坑之类。大粪坑一方面积存牲畜的粪便,另一方面,像麦糠、稻壳等不能做饲料的东西也全部堆进坑里,经过水泡土蚀自然发酵慢慢都变成了很好的农用肥。牲口院的草场和这个大粪坑是那个年代小伙伴们游戏玩耍的主要场所,带给我们许多快乐和美好的回忆。

上小学的时候,玩耍的主要内容就是在生产队收的青草饲料上嬉闹。一放学,小伙伴们不约而同地聚集在这个天堂,在晾晒的青草上打闹,或摔跤或疯跑。待到上了初中,随着年龄和体力的增长,为牲畜割草则成了课余时间的一项主要工作:在野地或河滩收割能作为饲料的青草,用箩筐担到生产队的牲口院,有饲养员逐筐过秤。当时磅秤稀少,一般都是大杆秤,两个人抬起箩筐,一个司秤员报重量,然后根据重量折算成工分。

家庭条件稍好一点儿的,可以拉着架子车去割草,方便了很多,每次也能割更多的青草,得更多的工分,当时有架子车的家庭还真让人羡慕。这时候也就有更多的时间与青草为伴,因此,对收割青草那种记忆及割下的青草那种独有的草香有深深的印记,是烙在脑子里一辈子也不会遗忘的生命体验。

　　童年的记忆永远刻骨铭心，嗅到这青涩的草香，我仿佛又置身于那难忘的年代。

　　这个年代的经历，提供了这代人足以享用一生的精神营养。

　　看到草坪上的青草一次次被园丁齐刷刷地割掉，我深深地陶醉于这独特的青草芳香，也深深地感叹时代的变化。

　　平凡人的一生，和青草的一生何其相似。

　　个体要不断融入集体的海洋，独立独特的个性不断适应集体文化、环境、模式的约束磨合，这个过程无异于被园丁一次次地把小的毛病和坏的习惯严苛地修正，但正是在这一次次的适应中，我们才得以不断丰富人生体验，不断成就人生的价值。

　　看似无情实有情，割草的过程其实饱含着园丁的关爱。想一想，让草疯长，草坪会成为什么样子？再看看一个人的成长，凡事皆由其任性而为，他能否顺利成才？

　　现在农村学生割草喂牲口的已不多了，即使打草，饲养的恐怕大多也是宠物猪，或者是饲养兔子之类的经济动物了，靠牛马耕种的历史早已过去，农业现代化取代了落后的传统农耕作业方式，这个时代的儿童，恐怕再也体会不到在草堆草垛间嬉戏的乐趣。因此，很多中小学生分不清麦苗和韭菜或将成为历史的必然。

　　我用力地闻着这青草的香味，让独特的、苦涩的草香再次清洗我复杂的心境。生命不可能重演，但这种生命体验早已在心中扎根。

2013 年 8 月 8 日

# 醉在中秋

醉,是一种很美妙的状态。醉于良辰美景,醉于优美的文字,醉于舒缓的音乐,醉于明前的香茗,醉于浓浓的亲情。醉与不醉间,能看清人情深浅,悟透世间冷暖。

清晰记得,上年度的中秋之夜,一轮明月,陪着我悲伤万分,满腔的清愁,随着泪如雨下,弥漫在寂静的旷野。秋虫因我的伤悲,纷纷将喧嚣的领地拱手相让,让我独自排遣着伤感、搜寻着寄托。

今又中秋,似不负马年的盛名,必要以自己独特的表现来暗中迎合马到成功或万马奔腾的美好寓意,也因此用连绵的秋雨叫板中秋圆月照乾坤的胜景,更因了这多情的秋雨,我在中秋之夜,兴致高昂,邀三五知己,开怀畅饮,直至喝得酩酊大醉,当场酣然睡去。

人在酒场,一般情况都大公无私,和其他很多场所多为自己着想有所不同,酒桌上总想方设法让别人多喝一点,这也算酒场一怪。但这个中秋却有其不同之处,有一种很想喝两杯的强烈欲望,这时候我才对"感时花溅泪,恨别鸟惊心"有了点儿体会。原来,我想起了去年的中秋之夜,感受到那种身处绝境的无助,那种走投无路即将面临世界末日的恐惧,因此去年的中秋之夜,我只能强忍悲痛,无可奈何,泣不成声。

人生的那个坎坷,让我处于进是万丈深渊、退是悬崖绝壁的险境,我曾仰天长叹:"难道这是天意,难道要让这轮明月见证我狼狈地溃不成军?"

也许正是为了庆幸去年的绝地突围,马年的中秋,我才情之所至,兴致正浓。只要没有倒下,便会有浴火重生的希望!去年的绝境,不仅没有让我伤筋动骨,反而让我更加坚强地生存了下来,而且形势在不断好转,敢情这连绵的细雨,正是去年中秋我那如雨的泪水又从天宫洒落?

正应了那句"天无绝人之路,上帝关上了一扇门,必然会在另一个地方开启一扇窗"的哲理,生活中遇到的每一次磨难,都是上帝为了使你变得更加强大而设置的考验。唐僧师徒四人为取得真经,历尽艰难险阻,甚至无数次的生死考验,最终功德圆满。

想一想我们走过的路程,哪里有一帆风顺的时候?每一段路,不是伴随着艰苦卓绝的努力,就是急风暴雨的考验!只不过,大多数时候,前行的道路虽然艰辛,但一般情况下都非无路可走的绝境。其实地上本无路,走的人多了,也便成了路。凡绝地,能够过去,要么脱了一层皮,要么练就了一身功;不是上了个台阶,就是又开辟了一片新天地。绝地面前,倒下了,也是壮烈地轰然倒下,会赢得生前的掌声,甚至身后的尊敬。

人的一生总会遇到一些重大事件的考验,否则平淡的一生就没有故事,当我们退出江湖的时候,值得回忆和骄傲的事情就不多,人生的厚度就欠缺。人要变得坚强,必须多经历一些痛苦、悲伤、挫折、打击、绝望甚至失败。

人生没有过不去的火焰山,倘若真的没有过去,人生也便从容化为灰烬,再也没有了痛苦没有了牵挂。

很多当前认为是死结的事,其实在于我们没有找到解决问题的办法,是因为我们智慧不足,事中迷茫。还有很多我们当下认为是绝路一条,其实只需我们改变方向、换个角度,轻轻地转身就可另辟蹊径。

人生遇到的再大难题,到了明天、明年,通常也便成了可以谈笑的过去。人的一生不可能一帆风顺,不可能永远是一潭风平浪静的死水,只不过有的人一生经历的事简单了些,没有那些生死攸关的考验,没有那些身处绝境的经历,但再普通的一个人,在自己的人生中都要经历一些所谓大事的考验,哪怕这些大事对别人来说简直不值一提。这些事只有自己一个人独自扛着,没有别人可以共同承担。其实再大的事,或再大的坎,过了那一会儿,我们回头看,也都成了过眼云烟,成了我们茶余饭后的笑谈。

人生,上坡路难走,每个人都在挑战着自己,逼迫着自己去实现更大的人生目标,完成更大的人生愿望。

人生的过程,需要承载许多责任,需要顶着阻力坚定地前行。

每个个体,最起码要承担起家庭的责任,赡养老人,抚养子女,这些基本任务对我们大多数人来说,都压力巨大,耗费毕生的精力和心血也未必能够做到周全满意。

倘若还要承担一定的社会责任,要追逐某个梦想,实现某个目标,身上的担子就更加沉重。要让自己的聪明才智转化为建功立业的本领,要挺立在时代的潮头,甚至要独领风骚,承载的梦想越多,承担的责任就越重,要经历的磨炼和考验就越多。人生理想要一个一个去实现,上坡路就难免遇到这样那样的险境绝地。要开辟道路,需冒大风险,要置之死地而后生。下坡路好走,但有几个人愿意把自己的命运交给别人?

向上走,不是在追求所谓的功名利禄。人生的要义,注定不可能随波逐流。实现更好的人生目标,做出更大的社会贡献,这是人一出生就被自然赋予的神圣职责!

天上月圆，人间情圆。不经磨难，怎能体会"山穷水复疑无路，柳暗花明又一村"的豁然；不登高峰，怎能领略"无限风光在险峰"的豪迈；没经过死而复生的考验，怎会珍惜来之不易的美好生活。醉于酒者，情之使然；醉于心者，必定超凡。中秋之夜，无论身在何方，心系何处，总要和心中的明月相约，把酒言欢，笑谈沧海桑田，感叹人生气象万千。

蛇年中秋之夜的痛彻心扉，马年中秋又喝得酩酊大醉，都是人生道路上一种刻骨铭心的感情体验！醉后更知清醒的可贵，中秋之夜，不论是明月当空，还是秋雨连绵，都会陪我们铿锵有力地迈向崭新的明天！

2014 年 9 月 9 日

## 手机之祸

> 转基因食品的安全性恐怕还需假以时日来验证，但进入微信时代的手机，作为"新型毒品"对人类的控制已事实清楚，其毒害可能会甚于鸦片。

　　我出生证上的名字叫蜂窝式移动电话，很浪漫。现在普及了，人们常叫我的俗名——手机，说白了，就是一种经常不离手、可方便携带，主要用于通信联络还可以办公并开展商务活动的工具。

　　每个人都很喜欢我，连三岁的孩童也爱不释手。因为我虽名为电话，但通话功能只是微小的一部分，我更是一部掌上电脑，游戏机的功能也十分强大，通过小小的我，可以打通与整个世界的联络。

　　随着使用的普及和用途的广泛，人们身体出现了很多不适，颈肩肌肉严重劳损，视力下降非常明显，甚至精神难以集中，人们对我依赖度越来越高，离开了几分钟，就像丢了魂魄似的，难道这些都要迁怒到我的身上？

　　无辜的我只能委屈地担着这些罪名。

　　我刚刚出生的时候，还只是达官贵人身份的象征，虽然不够灵巧，虽然只能承担简单的通话功能，甚至很多地方信号很差，需要到高处或开阔之处去搜索那时有时无的微弱信号，但喜欢我的人，却因为可以随时随地与人联系,很多业务的拓展和工作的延伸都得到了极大的提高和改善,还有一个很重要的方面在于那时的我是身份地位的象征,是成功人士的标志,所以大家趋之若鹜,都以能拥有一部大块头的移动电话为傲。这个时代,我当然也神气极了,自豪的心情可达云霄。

哪承想,科技的发展一日千里,昔日王谢堂前燕,如今飞入寻常百姓家,几年的工夫,手机已经全面普及,几乎一夜之间,大街小巷没有手机的人已如外星人一样稀罕。

常言说得好,过犹不及。超过了一定的度,凡事都会有其弊端。再者,通信技术突飞猛进,今天的情形,真是当惊世界殊,只要有人之处,人群集聚之处,人手一机,都低着头,都在专心致志地和手机对话。

不过现在的手机,早已经是一个功能强大的智能通信办公终端,凡能想到的工作、娱乐和商务活动,甚至是极私密的沟通联系,都可以在手机上轻松搞定,真是手指轻点,实现人生所有意愿。

因为普及了千家万户,人们对我也就不再视为掌上明珠,稍微有点儿故障、用着不顺手或有了新的机型,我就会立即被抛弃,身份低贱得简直像垃圾一样。

现在各种交通工具所搭载的旅客,公交车上、地铁上、长途客车上、火车上、轮船上,甚至不让使用通信设备的飞机上,从候车(船、机)开始,绝大多数的人,都是人手一机,聚精会神,不亦乐乎! 由此可窥一斑,我所受到的喜爱程度已超过任何一款产品。

饭桌上,不论是朋友小聚、公务宴请,抑或是家庭便宴、公共食堂,只要有一点点的间隙,绝大多数的人都会掏出手机,在刷新着海一样的资讯。

有一个段子说:为了能找一个没有 Wi-Fi 和手机信号的餐厅,一位长辈煞费苦心,找遍全城,其目的竟然是能让长时间难得团聚的一家人在就餐的过程中不受手机的干扰,能够在一起聊聊天,唤回难得的亲情气氛。不过,在科技进步的今天,这实在是一种奢望,再想获得那种其乐融融的就餐氛围恐非易事。

最可怕的两种现象,一个是面上的,一个是点上的,都让人忧心忡忡。

面上的是群体性的,从大学生、中学生到小学生,手机已渗透到了校园的每一个角落,从宿舍到课堂,从饭厅到图书馆,从实验室到体育课的任何一个小间隙,全面开花,无所不及。

点上的,更突出,一个家庭夫妻两人,白天各自忙工作,晚上在家的时候,奇迹就发生了,睡前肯定有较长时间在摆弄手机,早上醒来第一件事还是先摸到手机,处理手机中收到的所谓信息类资讯,最有趣的是,半夜偶尔醒来,最先关心的还是要拿起手机,看看有没有朋友发的资讯。究竟是什么魔力,让社会中的每一个人都失去了自控能力,不自觉地受制于手机!

毫不夸张地说,手机已真正成为人们身体不可分割的一部分。不论何时何地,离开了手机,会感觉到周身上下很不自在,手机似乎成了人的灵魂,片刻没有了手机的陪伴,人就像是丢了魂一样,必须时不时地拿出手机刷刷朋友圈,看看新闻,才能找到生活的乐趣。

如果说手机成了毒品,成了一种让人上瘾的新型鸦片,莫若说是科技的进步控制了人的思维和大脑,让科技改变世界的同时,也对人类的生活进行着可怕的改变。

不知道因为着迷于手机而对人类身心健康的影响会是几何,但明显地,网络时代已将人类一网打尽,人类的阅读行为已经碎片化和快餐化,再想系统性地受到良好传统文化的熏陶已经不太可能。手机依赖症会诱发更复杂多变的慢性疾病,也不是耸人听闻的主观臆测!

人人都已深受其害,休息的质量已经受到严重影响。而作为主角的我也在大声疾呼:让我也能有个喘息的机会吧,你不休息,我还需要休息！求主人在休息的时候，不要将我置于身边；休假的时候，尽可能不将我带在身上。

手机不仅仅是一种有效的工具，而且已完全成为个性化的配置，人们在使用着手机，消费着手机，也在消费着自己的精彩人生。已经深受其害的人，有些也在改变，在慢慢地修正使用习惯，在逐步地趋利避害。

但有一点，手机已经成为人们工作、生活、娱乐的一部分，手机是最常用的一种工具，人们已经不可能离开手机而生活。

大家要能控制自己，要役使手机，而不能被手机所役！

远离手机吧，如果沉迷其中不能自拔的话，那么手机就真的成为一种另类毒品。无论如何也不能让手机控制人类的生活！

手机只是一个容器，只是一个信息的载体，就像一把锋利的钢刀，你是用它披荆斩棘还是用它杀人越货，刀子本身并无过错，手机本身也不会祸害大家平静的生活。最后，还是让手机回归它仅作为一种有效工具的基本定位吧！

若如是，则功过自明矣。

2015 年 3 月 10 日

附文

# 思想美是核心美

刘武彦

　　《心随花开》一书作者杨龙江是山东矿业学院毕业，因我也是学矿业的，"嘤其鸣矣，求其友声"，所以阅读起来特感兴趣。杨龙江说："简约之美、华丽之美、灵巧之美、思想之美缺一不可，这便是我写文章所坚守的底线。"我认为诸美之中思想美是核心美，杨龙江及其《心随花开》就体现出思想美。

　　思想美有广义和狭义之分。大到政党的建设、国家的发展、理论的研究都有指导思想，小至企业的管理、处世的理念、言行的原则均含思想作用。一见杨龙江，马上就发现他就是一个思想美的践行者。作为一个企业家，他首先思考和着想的是做好自己的本职工作，在办公室张贴着《全国铁路货运营业站示意图》，他和同人们立足登封、服务河南、放眼全国做好铁路工作。我在他办公室坐了一个多小时，就有许多同事员工汇报工作，或决策或催办或落实，都是需求而来满意而去。对外工作上，杨龙江也能四面通达，特别是与当地的领导相处融洽，登封市的主要领导对他都非常了解，对企业工作也非常支持。武汉铁路局常务副局长张清源在序言中写道："是职工群众这个'群体伯乐'把龙江推举出来。"这说明杨龙江不仅有忠于职守的思想美德，而且他的工作成绩得到了职工群众的一致肯定。

《心随花开》2012年9月出版，分序言、清心溪流、悟道慧心、心沐荷香、秋心闲愁、心灵牧场、心随花开、跋、附录九个部分，整体看去，更如一桌思想的盛宴。有的体现出的是作者独特的思想视角，如《与对手一起成长》等文章，杨龙江认为："对手是另一类更好的朋友，对手是人生成长的宝贵财富。"文章通过诸多事例说明，"没有竞争就没有发展，没有对手就难以生存。有时候竞争对手聚在一起，形成了发展规模，反而更容易生存和发展，正所谓'一枝独放不是春，百花盛开春满园。'大家既是竞争对手，又是能够抱团做大的经营伙伴"。清醒地告诉世人，不要仅看到与对手的残酷斗争，还要重视对手的促进作用。有的则体现出作者对现实的深刻感悟，如《感悟平安》《行孝现在时》《不贰过》等文章。特别是2008年的汶川大地震，使杨龙江对"平安"两个字有了更深的感受，"平安是一个人最大的财富！""平安是一个家庭最大的幸福！""平安是一个民族最大的福祉！""平安更是全人类最大的祈愿！""平安是福，平安才是最最重要的追求。"作者层层推进，说理透彻，使人们感到平安很实用，从而在平安上投资和下功夫。有的在体现很深思想性的同时，更体现了作者的文采飞扬，如《幸福的真谛》等文章。作者用富有故事色彩的排比手法阐述"幸福只是一种感觉。当我静静地泡在温润舒适的浴池中的时候，当我仰望无限苍穹的时候，当我从繁重的工作走出回到家中享受家庭温馨的时候，当我与故交旧友再次重逢的时候，当我投资的股票又以红盘报收的时候，当我得知孩子学习或工作有了点小小进步的时候，我都能感到浓浓的幸福围绕在我的周身。"与著名作家魏巍所写《谁是最可爱的人》用排比方法写出祖国人民是在幸福之中有异曲同工之妙。

　　2013 年 6 月上旬，登封市文联邀请了百余名各界人士，专门召开了《心随花开》研讨会。王剑冰、单占生、乔叶、鱼禾、陈泽来等知名作家、学者欢聚一堂，畅所欲言，对《心随花开》予以充分的肯定和赞扬。河南省作协副主席、河南省散文学会会长王剑冰这样评价："作者很有思想，是一个拿很少的时间做大学问的人，是一个很严肃的作家。"河南文艺出版社名誉社长单占生这样评价："龙江的散文有自己的风格，他在工作之余，又开辟了一个新天地，即一个思考的天地，他的文章以意胜为主，以意胜来表达自己对生活的思考，表现一名文人家国天下的胸怀情怀。"河南省作协副主席乔叶这样评价："龙江的作品让我采到了几朵花，一是道之花，文以载道，人间正道是沧桑，有丰富的家国情怀的忧怀与深思；二是禅之花，读到了很深的禅意，可以说禅宗少林，禅意龙江；三是情之花，有丰沛的感情，有很柔软的东西，若道是骨，则情就是肉，作品很丰满很灵动，对天地万物富含深情；四是新之花，角度很新，也有新的心灵发现，龙江的作品可以说是姹紫嫣红春满园。"郑州市散文学会会长鱼禾认为："龙江的散文是一种充满诚意的写作，历史到底能留下什么，可能不是掌声和鲜花，只能是那些有价值的东西和那些有深刻思考富有思想的东西。"

　　诗人、书法家欧阳新献用毛体草书写道："一枝馨香入画屏，春风随心自分明。难得天籁常洗骨，梦中花开不了情。"张廷安、刘丙坤诗书联袂："妙语品读增诗韵，雅俗共赏涌智泉。哲理深邃文载道，心随花开润心田。"

　　《心随花开》研讨活动之后，许多领导和朋友也都赞誉有加。王亚明先生说能写出美好的话是一种幸福，韩建华乡友安排部下认真学习阅读，靳建伟书记说是一种成果，等等，都对该书表述喜悦的感受。另外，颇有新意的是，《心随花开》一书还配有光盘，由李思严朗诵，其中《在路上》一文配置了刘欢演唱的同名作品《在路上》，生动悦人，增加了作品的可传播性。杨龙江、李思严通过文与声共同阐述和展现了人生的三重境界：享受生命的过程、付出全部的感情、留下较多的财富。"首先，要尽可能多地创造物质财富，尽可能多地为人类社会做出更大的贡献；然后就是思想，能给芸芸众生指点迷津，能够留下一些宝贵的财富，只有这样才会永恒。"

"又是一个通宵。"这是杨龙江所写《心随花开》后记的开篇话，该话道出了写作者共同的艰辛和欢乐。现在已近凌晨三点，但我被自文集的开头到文集的结束通篇所反映的思想之美深深触动，尽管眼睛发困但诗兴陡增，欣然吟诵《题杨龙江之〈心随花开〉》：

> 学用矿业同起步，
> 共爱笔耕觅幸福。
> 英才美文多载道，
> 赤子报晖绘宏图。

2013 年 7 月 3 日起草于河南登封

2013 年 7 月 10 日修改于山西太原

2013 年 7 月 26 日再改于河南登封

（刘武彦，山西安全文化研究发展中心副主任，安全文化高级专家）

# 心随花开

侯发山

常言说,文如其人。这话一点也不错。我跟杨龙江先生并不认识,读了他的文章后,好像他就站在我眼前一样,有血有肉,很丰满的一个形象,仿佛兄弟一样亲切,给我唠唠叨叨;朋友一样熟悉,给我掏心掏肺。杨龙江先生的散文,几乎都是在真实的生活中有感而发的心的吟唱,大多是心灵顿悟的叹息,憧憬未来的呼唤,很少有儿女情长的倾诉、情意缠绵的絮语。在他的散文里,有揪心的痛,有深深的眷恋,有淡淡的感伤,但是,没有怨恨,没有颓废。他的文章是向善的、向上的、载道的。

杨龙江先生很聪明,很智慧,他的文章也恰恰体现了我们今天要提倡的"道"。这本书以"心随花开"命名,凸显了它的特别之处、出彩之处。把他的一部分文章题目连起来就有很好的趣味:当"序幕"拉开后,我们"莫负春光","清空心灵";"在路上","人生应该上个台阶";"直面批评","应对误解","闯过挫折","不贰过","缓称王";"最有趣的事","给心灵放个假";"借我一双慧眼","与对手一起成长","给灵魂找个安放之所"，"花香伴我入眠"。

杨龙江先生的文章并不在形式和手法创新上着力，但是，他是用心在观察、用心在体验、用心在写作，所以才能生产出这种深入我们内心世界的上乘之作。

就如他后记中说的那样：大多的篇幅都是自然而然的真情感受，是一种一吐为快可解胸中郁结的真情流淌，是一种对生活的认真观察，是一种对未来的隐隐担忧，是一种修养身性的娓娓道来，虽不敢说粗拙的文章都有了思想、有了灵魂，但可以坦然地说一篇篇真情的表达都是一气呵成，没有矫揉造作，更没有无病呻吟。

是的，杨龙江的散文清新而隽永，是我所喜欢的一种平静而有味道的风格，疏淡又不失内在的力量，是水波不兴的，但水底有波澜。是从小处着手的，却又有着大而坚强的力量。是随谈式的，即兴式的，却有着内在的逻辑。他的散文题材广泛，视野开阔，通篇文字流畅、激昂、深沉，具有一定的思想高度和较为全面的思辨色彩，给现实以借鉴和思考，给未来以昭示和激励，充满了正能量！还是让我引用原作中的句子吧："假如我们能把心打开一条缝隙，透进去更多新鲜的空气与明媚的阳光；假如我们能够更理性一些、更释然一些、更开放一些、更随缘一些、更淡定一些，看看我们的生活，是不是会豁然开朗地迎来另一番天地。原来天是这么湛蓝，云是这么纯净，阳光是这么温馨，周围的一切都是这么美好。"（《性感与胸怀》）

杨龙江先生用他的文字，唱出自己的腔调和声音，温暖，单纯，让人细究与怀想。读完了杨龙江先生的《心随花开》，我的心也像花一样开放了，充满了芳香，充满了阳光。

2013 年 7 月 3 日

（侯发山，巩义市作协主席）

# 梦入禅境，暖风吹过小楼

欧阳新献

在嵩山认识你

是你那淡淡的笑容

诗意般的浪漫与形而上的浪漫相遇

你的韵脚与我的韵脚碰撞在一起

当外面的世界一片喧哗与浮躁

这里却一片特有的清静


当风的枷锁

挤压着我们清澈透明的魂灵

当阳光照不到我们的院子

当我们在徘徊中怀疑，在悲观中仰望

当无奈的火焰在心中升腾

当生命中心花盛开

我们会渐渐步入禅境

当肉体眺望历史,当历史都成过往

当现实都成梦魇,当梦魇不再醒来

当只有金钱、权力、物质来衡量这个时代

当大街小巷飘动着灯红酒绿

当小楼昨夜,还一直不肯来一些微微的春风

在迷幻中旋转自我,我即将丢失自己

当女人血腥的红唇、丰腴的胴体

以及妖艳的服饰、迷醉的香味搅乱了心志

当美女金钱还有权力刺激,欲念一点点堆积

当我们痛苦地趴在堆砌的黄金上哭泣

当金钱美女成为我们精神上的海洛因

我们还会梦见莺语燕啼,小溪潺潺吗

我们还会看到山外清静的世界吗

我们只会感觉到周围一阵阵发冷


我们一直都在寻找家的所在

我们一直都在歌唱生命

若流年有爱,就心随花开

若时光逝却,就珍存过往

若雨落敲窗,就且听风声


《心随花开》,是禅的世界

当心中飘过一缕缕淡淡的花香

当清心溪流缓缓流过

我终于看到了没有沉霾的天空

当我们身处浮躁之地

当我们也要披上一层伪装

我们选择放下

我们面前将是一片纯净和空灵

菩提入心、善念入心、花香入心

我们的眼里将是阳光明媚

心随花开、心沐荷香、心灵清空

当我们用一颗善良的心灵洞察世界

保暖一颗轻盈心

浮躁中隐约听到了一朵花开的耳语

那时，我们真的敢于在乱云飞渡中从容

从心灵深处产生一种惊天动地的震撼

2013 年 6 月 7 日

（欧阳新献，诗人，作家，毛体书法家）

# 读《心随花开》有感

王姗

当我看到这本书的第一眼——《心随花开》,潜意识中,在暗想我的心在随着什么呢？这书名让我陡然间去质问自己的内心,大学毕业以来又在追随着什么？来不及反思,伴着纸张的芳香,来体味作者的心绪,也希望能够在书中找到答案或者给心找一个花香的方向。

清空心灵——多么清新的字眼。

想想自己的生活和工作,角色一直都在发生着变化,然而心灵的窗口也在改变,每次静下心来,透过自己的小窗口,看到和得到的也都是不同的感悟和启示！2013年马上又要结束了,这样的生活和工作是自己想要的吗,当去整理和总结过去的时候,心灵被各种各样、千奇百怪的垃圾填充得满满的,自私、功利、冲动、浮躁、不近人情,让心丑陋不堪。我想不仅仅是读者的我,还有很多奔波的人都应该去清空心灵。反过来讲,工作生活也不全是这样,当你用正确的眼光和心态去看事待物的时候,也同样使我感觉到了家人、朋友、同事、上司给予的帮助、支持、理解,也促使自己更加成熟、自信、睿智。

这些成长都是在无形当中得到的。突然想起书上的几句话：装的清水，表现出纯净；装的感恩，表现出和善；装的花香，表现出阳光；装的玫瑰，表现出灿烂。假如盛的是抱怨，表现的必然是刻薄；盛的是仇恨，表现的必然是疯狂；盛的是垃圾，表现的必然是丑陋；盛的是毒药，那就一定表现出狰狞的面孔。我不禁沉思，社会生活是怎么样的，主观的因素还是起着导向的作用，心态摆正了，你就会得到更多的正能量！

　　在工作中，谁没有受过上级的批评，关键是我们面对批评的态度，有的人改之，有的人执意为之，才有了不同的结果。说到这里我想到工作中的自己，毕业后刚进公司的时候，对什么都是小心翼翼的，但还是漏洞百出，由于竞争比较激烈，自己出错会给整个团队带来影响，曾经多次遭到上司的批评、指责。虽然心里特别不舒服，但是想想自己当初的决定，违背父母的意愿没有去做他们安排的比较安逸的工作，而是想靠自己的能力来适应这个社会，顿时感觉这些批评和挫折又算得了什么呢？只要自己端正态度，好好改正，不贰过，一定会慢慢地得心应手的。在应对误解时，大多数人都是极力去辩解，这样做有时候恰恰起到了相反的效果。总而言之，遇事必须保持冷静，拥有宽广的胸怀，才能避免无谓的纠纷，相信日后能够得到对方的理解直至敬慕。

　　《最遥远的距离》让我体味其中，小时候我们与大自然的距离很近，我们热爱大自然、保护大自然，后来我们步入青年，友情、爱情、感情纷至沓来，这时我们最近的距离是这些；当我们步入社会，我们不得不工作，这时我们距离最近的不是大自然，也不是友情、亲情、爱情，而是世俗和功利。广而言之，当我们感觉和某种东西有距离的时候，试问问我与谁的距离最近呢？其实有时候表面上来看现实就是这样，有时候也认为"人心隔肚皮""知人知面不知心""人不为己天诛地灭"这些说法很有道理，但是更深入地想想这个社会，人与人之间所建立的关系，不是因为"现实"很现实，而是因为很多时候我们之间缺少沟通，缺少信任和关爱，只要我们都怀揣着一颗博爱之心，人与人能够坦诚相待，只要心灵近了，也就不再有最遥远的距离！

《家有小女》这篇让我感慨良多，看到作者这样写自己的女儿，让我不由得想到了自己的父亲。在父母眼里，我们永远是长不大的孩子，只要孩子有一点进步和成长，他们嘴上虽然不说什么，但是心里会倍感欣慰。从小在我的眼里，父亲都是伟大的，令我敬佩和学习的地方很多，我从小也养成了很独立的习惯。父女两代人之间有时候想法会有一些不同，但是我内心清楚地知道，父母是为了我们好！作者说女儿比较有想法、有个性，自己创业的思想比较强烈，从中也让我感觉她其实也挺有胆识的，确实像作者说的，前路不会平坦，也会布满荆棘，但是只要有梦想，朝着自己的方向努力争取，相信会有所作为！突然想到自己的工作，每天都和各个单位联系，然后亲自将材料送过去。记得刚从事这份工作的时候，以前自认为领导都是高高在上，心里面是很胆怯的，给领导打电话的时候心里都很紧张，见了领导更是手忙脚乱，而现在通过自己的坚持和努力，已经有了很大的转变。见的人多了，想法也就转变了，每个领导的风格气质都不同，有些严肃，有些和善，有些大气，但每个人的工作都不一样，都不容易。

《在路上》，我们都在路上，我想自己能够看到这本书真是荣幸，给我未来的路增添了一些锦囊，能给路还没有走远、走顺的年轻人一些启迪，能给一些刚步入社会的青年朋友指引方向，引导人们去亲近大自然，坦然面对自己的心灵，去接近花香……

2013 年 12 月 12 日

# 《心随花开》研讨会记者访谈

**记者**：杨老师，我在做采访准备时，一直在为见面如何称呼您而纠结，在您的心中，您最希望我称呼您什么？

**作者**：你好！非常高兴与你见面，其实一见面，你可能就发现你的采访期望要大打折扣了！我只是茫茫人海之中很普通的一员，既非什么作家又非实力雄厚的企业家，不过，我还是希望能以老师相称，这一方面是彼此的尊重，另一方面，被称为老师，也便自己给自己一个清晰的定位，就是在追求知识的路上永无止境，在追求真理的路上永无止境，人生之路，要一直探索，砥砺前行。

师者，所以传道授业解惑也；三人行，必有我师焉；学为人师，行为世范……这些先贤教诲，一直是我人生努力的方向和目标，况且在我人生最重要的阶段，走出大学校门的第一站就从事了六年多的教学工作，因此，以老师相称更为妥当。

作为一名企业管理者，天天面对着生存和发展问题；作为一名作家，思考的东西可能超乎物质世界而达到另一个境界和层次，考虑的是人之所以为人，如何为人，如何修为主观世界进而来适应和改变客观世界，这本身就预示着进入一个师者的境地。称别人为师，可以从别人身上学习和借鉴许多东西，自然而然自己就准确了定位，放平了心态；被称为老师，自己对自己也就有了更高的要求，是一种形外的约束，无言的鞭策。

记者：好，那就言归正传。首先祝贺您的散文集《心随花开》出版发行和作品研讨会的圆满成功。（按：2013 年 6 月 7 日上午，杨龙江散文新作《心随花开》作品研讨会在登封少林国际大酒店举行。会上，王剑冰、单占生、乔叶、鱼禾等知名作家对其作品给予了比较全面的点评。）

作者：谢谢。也谢谢这些散文大家给参会的文坛同好提供了一桌营养丰富的文学大餐，相信参会的文学爱好者和我一样受益匪浅。

记者：我看到《心随花开》这本书，首先被这个美妙的名字所吸引。后来，我发现书中有一篇以《心随花开》为题的文章，您为什么要以此为书名呢？

作者：在经济高度发展、生活变革日新月异、价值观念日趋多元、社会生活异彩纷呈的大发展、大繁荣甚至大冲突的当下社会，有太多的社会个体行为模式被异化、思维方式被捆绑、思想观念被强迫、价值观念被世俗，诸如怪戾说、悲观说、挥霍说、行乐说等皆甚嚣尘上，在此情况之下，虽没有远离尘嚣脱开世俗，但尘念之中似乎还保留着一份清醒，道法自然、垂裳而治给我很多启发。尘世中的小草，不会因身在尘埃就不生根发芽；悬崖边的野花，不会因无人喝彩而错过花期；傲霜斗雪的蜡梅，不会因环境残酷而放弃绽放……每一个人，其实都是一个精彩的自己，让自己内心充满阳光，让自己的心灵之花自然开放，做一个善良的人，做一个有爱心的人，那么社会就会逐步成为"人不度我我自度，先度自己再度人"，做完美的自己，让心灵之花自然绽放。

　　**记者：** 书中您的每一篇文章后面都有写作日期，我粗略统计了一下，发现：全书二十多万字，是您在近两年的时间内完成的。您作为一个企业老总，天天事务繁重，热闹的时候多，可文学创作是要安静的，特别是心静。我很想知道您是如何处理工作与文学创作这个关系的？

　　**作者：** 你点到了问题的关键，首先是如何心静。文学创作往往伴随着疾风苦雨，特别是那些传世的优秀作品，更有背后刻骨剜肉般的生命体验，最起码必须有一个直指心灵深处的感情触动或给人以强烈震撼的深情故事，是感情使然、使命使然、热爱使然或追求使然，而凡夫俗子的我们，拿起手中的笔本身就是一种不自量力。其实，我们的涂鸦堆字，正是一种心不静的产物。能够坐下来，是一种表象的安静，一吐胸中块垒，正是一种思想产物的流动。正因为心中郁积翻江倒海的思绪情结，才能让自己安静下来，理清思绪，让一些真情实感自然流露充分表达。

　　其次，才是"心静"之后的"心净"。水只有极平静才能照出万物的景象，而更高的境界则是非常"纯净"的水在非常"平静、安静"的时候，才能映照出万物本来的景象。"心静"是初级阶段，是可以自我调控的状态，而"心净"则是一种自我追求的较高阶段，是一种高度自觉的行为和状态，如果能够在"心净"的状态下写出更多的东西来，那恐怕就距圣人之言近了，而不仅仅是我们现在的为生计所迫、为稻粱所谋而拿出的丑陋不堪的文字了。

　　只要有真情实感，时间总会有的。无论事业上遇到再大的挑战，无论工作再苦再累再怎么山穷水尽，思想的火花一经闪现，即便是深更半夜，照样可以付诸笔端。

　　**记者：** 我读了王剑冰老师给《心随花开》写的序，我也有像王老师那样的疑问，那就是一个企业家往往是很难与文学联系上的，可读您的文章，又觉得您文采飞扬，才气四射，看来您的文学功底绝非一时之功。您是从什么时候开始文学创作的？又是如何坚持下来的？

**作者**：王剑冰老师给了我许多鼓励，这是老师在给学生授课时的一种高超艺术，他在鼓励我继续努力。

其实，我是一个工科出身的技术型人员，如果说凡事都有缜密的逻辑思维，我也认可。但我的文字，其实还很稚嫩，我只是一个文学新人，刚刚起步。如果说有一定的文字功底，这可能要归功于我的坚持阅读，几十年如一日，广泛涉猎，手不释卷。

坚持写些东西，是从 2010 年元旦开始的，一元复始，当时思考了许多，人生短暂，哪些是有意义的事情呢？也便从这一天起，四十三岁人到中年的我又多了一份追求，这便是写作，也便是我开悟的发端。

无论工作如何忙碌，我给自己安排的硬性任务有这么三项：第一，每天抽出一个小时的时间坚持散步，雷打不动，必须完成步行一万步；第二，抽出一个小时的时间泡一杯清茶，伴着茶香阅读一些经典作品；第三，每天坚持摘抄一些富有哲理的经典句子或故事，在这个时间段，只要有心灵感悟，就随手写下以便作为周末创作的素材。第一部作品的绝大部分都是利用周末时间完成的，这也是积少成多、集腋成裘、平时坚持的结果。

**记者**：我看您的文章，正如作家乔叶所讲，文中充满了诗意、情意、禅意、道义。特别是道义，非常地浓烈。这是不是与您作为企业家所表现出来的担当精神有关呢？

**作者**：我的文章，正如评论家所说，归属于"意胜类"散文，我自己把她叫作"哲理"类文章，大概是我初写文章比较直白，是对"文应时而著，教化为先"粗疏理解之后的粗浅表达，这可能是文章的鲜明特点，也可能是文章的质地硬伤，但通篇富有禅意、诗意和情意，更主要的还是道义，以扬道为主题风格。

道法自然，是我一贯的追求；寻求规律，是我求索的目标；达到和谐,是我期求的境界。道可道,非常道;名可名,非常名。水善利万物而不争,人与人之间,人与社会之间,人与自然之间,人与人的内心之间,都能达到一种高度和谐,这个世界也便各归其位、各行其道了。

凡事,循道而行,万物,依规律而动。

**记者:**文学创作是个很苦,又需要心静和时间的事情,企业几乎每天都面临生死存亡的考验,这种情况下,您还会把文学创作坚持下去吗?

**作者:**人为什么而生,为什么而活?认清了这个道理,也便心静了许多。其实人生太多的磨难,对我们的成长不一定都是坏事。经历越丰富,感受越强烈,人生才可能越精彩。

企业发展无止境,文学创作无止境,文学创作能为人生增光添彩。坚持搞好主业,但不放松精神世界的丰富,没有文化的企业是没有灵魂的企业,"百年企业靠文化"的观念不可忽视,做企业和做人一样,要做有良心、负责任、敢担当的企业。

我们永远在路上,在一条追求真理、追求理想、追求和谐、追求美好生活的路上!

文学创作很苦,是条文化苦旅,但投身其中,就要有一种投向庙堂的思想准备,要怀着一颗圣洁的心,即便困难重重也要朝着光明义无反顾。

**记者:**那么,我很期待您下一部作品早点问世。如果要您现在给下部作品起个名字的话,会是什么?

**作者:**"陌上花开,可缓缓归矣",我的下一部作品,可能更贴近生活,更附着现实。

第一部作品,《心随花开》在倾听花开的声音,第二部可能更重于描述花开的过程,一切自然而然,不论亲情友情,不论天文地理,不论历史人文,暂时取意为《花开无声》吧!

  **记者**:好！比《心随花开》更有禅意,也祝您早日创作出来,让我们早日拜读。

  **作者**:谢谢。最后赠给你一句话,也与所有朋友和读者共勉:花开在风中,开在寂寞的原野;花在喝彩中绽放最美的青春,在热烈的掌声中慢慢凋零;花在泥土中坦然安眠,花的灵魂守护着她轮回的前世今生。心随花开,因为有爱;大爱无言,花开无声。

2013 年 6 月 19 日

# 《心随花开》创作谈

　　处女作散文随笔集《心随花开》如经过十月怀胎的辛苦，还如养在深闺初次面对公众的少女，有些许的激动，有暗暗的喜悦，也有许多羞涩，终于在各位老师的指导下，在众多文友的鼓励下，掀开了红盖头，露出了其素面朝天的底色！

　　创作这部作品，完全是一种异想天开的冲动。还记得那是新年第一天的上午，忙忙碌碌又一年，坐在我自命雅号为"听雨轩"的书房朝阳的明亮宽敞的写字台前，在随意而仔细地整理着一年来的各种文件，思绪却一下子处于完全失控状态，一瞬间像被电流击中一般，感到非常的空虚，不仅是这一年，过去的四十多年的时光，自己到底都做了哪些有意义的事情呢？冥冥之中好像有一种声音在我耳边轻轻提醒：人生短暂，珍惜光阴，善良常在，心随花开，快点做些有价值的事吧！这难道就是传说中的突然开悟、神灵点拨？

　　一种自惭形秽的感觉渐渐笼罩了我本来明亮的心境。那天阳光很好，柔和地铺满一地银色，暖气也烧得很热，非常舒服，可以自由自在地享受着这每一寸美好的时光。一边欣赏着邓丽君的情歌,一边品评着香气醇厚馥郁的铁观音,实在是一种绝美的休闲时光!

一年的工作不管好坏已经收尾,新的一年已经如期来到,岁月的痕迹丝毫也没有留下,一切照常,一切似乎毫无变化,不管你如何努力拼搏,也不管你如何蹉跎岁月;不管你每天开心快乐,还是愁肠郁结;不管你纸醉金迷,也不论你守身如玉,时光就这样闲庭信步般从我们每个人身上流过,实在是一种很值得认真品味的人生历程。英雄人物是一生,平民百姓也是一生,但为什么有人做出了很大贡献、获得了巨大成功? 这一天,我的思绪如脱缰的野马,我想了很多,思考了很多,当时就有了写点东西的强烈冲动,于是几年后就有了这本处女作《心随花开》。

三年的心血没有白费,辛苦的付出有了成果。回顾创作过程中的心路历程,苦辣酸甜丰富了我的人生坐标。

一、关于家人、家庭、家乡的话题

不知动了哪根神经,竟然首先想到了我的童年,想到了那个自小上学就毫无自信,不论上学还是回家总是低着头顺着墙根儿走道的那个自卑又自闭的小男孩。几十年过去,如今成长为一名白领,到底发生了什么变化呢? 我想起了一句话:你的历史怎么样不重要,你的今天怎么样不重要,重要的是你的明天会如何,重要的是你是否在为改变你的明天而有目的地前行,你是在不断走在成功的路上,还是在眼睁睁地看着别人成功。

我没有从童年写起,每个人的童年都是无忧无虑快快乐乐的,那是一张白纸,是简单的快乐、纯洁的快乐、精神的快乐。没有任何一种人生的享受能比得上少年时代的快乐,每个人都可以扪心自问。

在许许多多的有趣经历中我撷取了几个片段,创作了我的家人篇《家有小女》,亲情、儿女等话题在当今社会乃至未来社会都易引起普遍的共鸣。创作了人伦写意篇《行孝现在时》,这也是最真切的情感体验,也会触及当今社会普遍的传统美德,即百善孝为先的话题。创作了两篇关于家乡回忆的文章《回望家乡》和《家乡消逝的河流》,既是一种对童年家乡生活的美好追忆,更是对一种环境生态遭到严重破坏的隐隐担忧。

根,每个人都有自己的根基,家庭出身和自己的故乡就是一个人生根发芽的根基,因此,我相信,一个作家能写出什么样的文字,基本都会是家乡生活片段的写照,是自己出生之时的环境和人生经历所大体决定的。其实这不算唯心,读一个作者的文字,大体也便像在与作者交往,在与作者谈心,若读过之后,对作者鞭挞的什么肯定的什么、贬抑的什么弘扬的什么、支持的什么讽喻的什么等没有感觉,那就只有两种可能,要么作品太晦涩难懂艺术性太高,要么就是作者端得太正、隐得太深。

我的根扎在伊河,自小生活在伊河岸边,喝着清澈见底的伊河水长大,因此,我的文字都是透明的,很多篇什都饱含着爱憎,自然是明心见性,满淌着浓浓的爱。

## 二、关于人生的话题

其次又想到了人生的许多话题,因此,在作品中我关注了两个极端的问题,作为对人生这个大课题的粗浅解剖。

第一个话题十分轻松,聊了聊对幸福的体验,即《幸福的真谛》。以我自己的视角对幸福这种感觉进行了解读,每个人对幸福的理解肯定千差万别,但幸福只是一种自己操控的感觉。富者有富有的幸福,贫穷有贫穷的满足；坐车有坐车者的幸福，拉车有拉车者的满足；身居高位有成功的幸福，底层百姓有自己的幸福生活；居庙堂之高者有众人仰视的幸福，处村野之远者有日落而息日出而作恬淡随意的自在……每个人都掌握着自己的幸福开关，就看你想开了没有。物质财富的丰富是幸福的一个基础，精神世界的饱满也是幸福的一个基础，每个人都可以过得相当幸福。

第二个话题比较沉重，重得简直让人透不过气来，题目浪漫，内容压人，《最有趣的事》，其实是探讨关于人生最终归宿的话题，即关于死亡，每个人都逃避不了的归途。人生从浪漫开始，到悲情结束。来到这个世界上时，虽然母亲经受着巨大的痛苦与危险，但那也是一种无限的期待，是一种甜蜜的痛苦，其他亲人好友街坊邻居都是高而兴之也；离开这个世界的那一刻，首先是离开者本人要经历一段极度的恐怖，还可能经受各种病痛的折磨，其次是亲人们的无限伤悲。生命既然总长有限，那么就必然要追求质量灿烂，要以有意义的生活品质来平衡生命的短暂与无奈。因此，对这个问题的思考，也促成了我要完成一些有意义工作的追求。

也许，这便是我要写点东西来充实人生厚度的一种尝试。

### 三、关于生存环境的话题

自然而然，面对冬日暖阳，我还想到了气候反常，想到了我们生活的星球，已经被人类改造自然的伟大壮举破坏得千疮百孔、面目全非，似乎有一种杞人忧天的情怀紧紧地笼罩在我的头顶。

从电影《2012》对世界末日的恐怖描写，到现实生活中生活环境与年幼时的比较，我不得不感到心痛和震惊，于是就有了《家乡消逝的河流》，就有了《地球之殇》以及《与灾难的距离》《冬日暖阳之忧》《盼雪》《迎雪》《踏雪寻春》《空中飘过的彩云》等系列篇什,这些文章从不同的角度反映了环境严重破坏后的生态现状,让人心生痛惜,故而才发出疾呼:保护地球吧,珍惜我们共同生存的环境。否则,真会有那么一天,我们所剩的最后一滴水就可能是我们自己的眼泪!

强烈的忧患意识,是对珍惜环境的觉悟。我们不仅需要金山银山,更需要青山绿水;不仅要发展好经济,更需要切实保护好环境;决不能一代人攫取财富享受纸醉金迷的生活,给后世万代留下破破烂烂的山川河湾,我们坚决不能再干这种吃子孙饭断子孙路的蠢事了!

强烈的谴责跃然纸上,这是发展过程中对规律的漠视或者是对规律的无知所造成,实在让人痛惜!一条条河流快速地消逝,一朵朵白云快速地消失,一片片草地快速地消失,我们现在正在为我们过去的无知承担着惩罚,植树造林、涵养水源、节能减排、治理污染,但人类天性的懒惰和对眼前更高品质生活的追求仍然与这些举措相悖而行。我们何时才能觉悟?

四、关于一些自然现象给人启示的话题

集中多篇作品涉及生活中观察到的一些自然现象,这些现象给人非常丰富的启示,这既是细心观察生活的结果,更是对一些生命现象的解读,实际是对生命的一种敬畏,是一种对天的敬畏,提醒我们必须常怀敬畏大自然的心。

比较满意的有这样几篇:一篇是在深秋登山途中观察到了一种无名的寄生性藤本植物,万物凋零而她却独自开着一种洁白的小花,让人猛然一惊,因此一气呵成写出了《无根草》,再联想到自己的人生际遇,所以内容显得有血有肉,很富感情。对蜘蛛网的观察也十分细致入微,那是一个雨后的清晨,阳光格外温润,空气特别纯净,肥硕的玉兰花瓣上竟然生出一张巨大的漂亮的网络,特别是晶莹剔透的水珠在阳光的照射下,赏心悦目,让人叹为观止。这张美网把我身心一网打尽,我在惊叹其美艳的同时,更是为这种微不足道的小小昆虫的天才设计水准和建筑水平所折服。自以为聪明、高级的人类,对蜘网的建造也自愧不如,这一伟大的工程需要其投入多大的智慧和心血呀! 类似的还有《窗外的银杏树》《跃出鱼缸的鱼儿》《撞上玻璃窗的小鸟》等,特别还有一篇《树的对话》,采用拟人的手法,对树的内心也做了很好的对白处理,我十分喜欢。不论是大树小树都有成材的一天,每一个普普通通的人也一样,只要朝着既定的目标前进,只要方向正确,就一定会距离心中追求的梦想越来越近。

## 五、关于为人处世的感悟

作品集中篇幅最大的还是关于为人处世的一些思考、分析、判断,鼓励人向善,向性本善方面去追求。

真善美是人的本性,但对应着也便有了假丑恶。若说教式的东西太多太滥,那也便成了违背初衷的弄巧成拙,但愿我这种操心是多余的,因为我毕竟是在追求道法自然的境界,毕竟在倡导与人为善的理念。

这类文章较多,自己比较认可的有《与对手一起成长》,反映的是人生没有永远的对手,更没有永远的敌人,对手的强弱决定着自己成长的快慢,人生需要名师指点、贵人相助、亲人支持和对手逼迫,因此若能遇上强劲的对手,那将是人生之大幸运。《缓称王》,现实生活中称王称霸的人多了去,其实我只想表达这样一个道理,即低调做人,你会一次比一次更稳健;高调做事,你会一次比一次更优秀;成绩是脚踏实地做出来的,不是故弄玄虚吹出来的,更不是故作高调显出来的。

还有一篇《人生的筹码》，把人生的各种资本作了形象的比喻，告诫人们，人生的筹码有很多种，只要不是输得一塌糊涂，就要整理行装重新出发，总有东山再起的机会。另外《重要事与紧要事》《得与失》《在路上》《坚持就会进步》等，都会给人生征程中艰难跋涉的人们提供一些有益的参考。

还有一些篇什谈做人的道理，可能有点讲大道理的味道，但也都是对周遭社会现象的理性分析，可能会对职场中人有所帮助，如《巧诈与拙诚》《闲聊伪装》《借我一双慧眼》《放下》等，想说的是在人生面临苦恼时应持的理性态度，否则，就难以明辨是非，行动自然就会错位。

这部分内容占了绝大篇幅，也是劝人心随意动、内心平和，逐步达到遇事冷静、客观分析、换位思考，从而心中开满善良之花。

## 六、关于散文之美与散文之魂

散文的形散而神不散，约略指的就是散文的魂。

当下散文创作的范围很广，但公认的标准则是散文必是美文。

所谓美文，首先应该给人以审美上的享受和精神上的愉悦，其结构搭建、层次划分与递进都要给人以美感，像欣赏一幅水墨山水画，有立体感觉且不杂乱无章；有身临其境的享受而又不窘迫压抑；有静谧之美而又不强人精神；观之动若眼前美景，闭目则历历在眼前灵动。结构上当短小精悍，层次上当格外分明，总体观感当赏心悦目。结构与层次是一篇散文的骨架，像高明的设计师，总会别出心裁，让人观之从宏观之大到微观之细总那么恰到好处。

其次，语言要美，通篇读来朗朗上口，既非华丽辞藻的堆砌，又不是挖空心思的刻意，完全是自然而然朴素的语句，不张扬不腻味，有诗词歌赋之韵，更有音乐流淌之美，完全是青山绿水自然天成，这样读来趣味盎然,不晦涩难懂、不佶屈聱牙。这是文章之肉,文章是否丰腴光鲜,其也会占一定分量。

当然,只是美文还远远不够,漂亮的躯壳,必须装入实实在在的内容,这就自然而然要提到散文之魂。文章的中心思想是什么,要反映作者什么观点,要达到一种什么目的,一连串的问题就浮出水面。

其实,大多数散文只是告诉大家一件事情,或是游历某地的山水美景,或是对某件事情来龙去脉的求根探源,这些方面,其核心内容就是如实记载、适当渲染,让阅读的人了解情况、增进知识,读之有美感即算达到了目的,真的不需上纲上线,或装腔作势地发一通议论或说教一番大道理。此种散文写作观固然无可厚非,是一大类散文的固有特色,即观赏价值居首位,实用价值居第二。

我认可的散文之魂,则是指散文创作要有引导劝诫教育等功效,虽然这些功能应是毫无痕迹、润物无声的,但一定能察其迹,读后让人思想和灵魂受益。也许这类文章,更应该划入哲理散文的范畴。

散文没有灵魂也便如身体只有躯壳,不论其骨架多么灵巧,肉身多么丰满,也会显得苍白乏力。所以我追求散文不仅要读来让人舒服,读后思考还能让人精神受益。

有目的的创作,并非为功利目的而写作。简约之美、华丽之美、灵巧之美、思想之美,缺一不可。这便是我写文章所坚守的底线。

## 七、坚守和坚持

坚守思想高地,坚持砥砺前行。

写作是艰苦的精神旅程,业余写作更需要精神力量的支撑。这样说既非自我标榜,更不是自命不凡。这是一种认真思考的结果,是一种有话要说不吐不快的态度,是一种既不标新立异更不随波逐流的选择。

辛辛苦苦工作劳累了一天，烦心事、棘手事一堆又一堆，哪还有什么心思去码字？早已放纵了身心，一个人完全处于放松状态。要么窝在沙发上看电视，要么躺在床上睡大觉，要么三五相约品味茗茶聆听音乐，要么在牌桌棋盘上厮杀，谁还有这种雅兴，独坐陋室辛苦写作？

如今社会，全方位高度发达，价值观念呈井喷式多元化，种种诱惑，声色犬马，享受人生甚至挥霍人生的观念改变了许多人，人生苦短多加珍惜，谁还会去如此辛苦、如此迂腐、如此情迷心窍？

坚守着精神领域那一片圣洁之地，是对自己的一种熔炼。坚守高地，方能放眼远望，坚守心中那片理想，方能耐得住寂寞守得住孤独，方能于夜深人静万籁俱寂之时认真审视自己灵魂深处潜藏的丑陋，从而在完善自己灵魂的同时，将流露的真情实感付诸笔端，这其实就是一个人的斗争，是对自己的一种严苛熔炼。在这种烈火高温洗礼之下，逐步褪去伪装，可更进一步显出本真。

坚持朝阳光之地进发，是对自己的一种升华。坚守一份理想信念，就可以无畏地朝着心中的圣地进发。在布满荆棘和坎坷的路上，就可以抗得了干扰，胜得了挫折，过得了难关。当我们懈怠的时候，心中会有一种声音在提醒，这不是你的追求；当我们迷惘的时候，心中会有一种声音在提醒，这不是你的目标；当我们将要放弃的时候，心中会有一种声音在提醒，不能前功尽弃功亏一篑；当我们走错道路的时候，心中会有一种声音在提醒，走正道方为王道，万不可投机取巧误入歧途……总之，只要心中有梦，只要努力追求，在坚守圣洁的道路上，我们就一定会有所进步。

文学创作之路十分清苦，走上了这条道路，与功利和清闲已然分道扬镳，这是一条战胜自我和自我完善的路，是自己破自己心中之城，是实现自我救赎、自我辉煌的一条路。离开了坚守、离开了坚持、离开了自律,将寸步难行。

愿我自己能心花常开,愿天下众人都能心花常开!

## 八、生活更精彩

每一天都是阳光翡翠,每一天的生活都会精彩纷呈,每一天都会是一个崭新的自己,每一天的世界都会充满关爱,让爱永驻心间,让花常开心田,让我们每个人都能为这个世界做出一些有益的事情!

试想一想,我们为什么不论遇到多么难办的事情,多么糟糕的境遇,甚至是极度麻烦的疾病折磨,我们还都在坚强地撑着,那就是心中存在着希望,希望太阳升起的时候,一切霉运都会成为过去。

不论这个世界发生了什么,第二天,太阳一定会准时报到。我们在苦苦地追求着幸福,也是因为不论我们经历过什么或正在经历什么,我们的心中总有一丝希望的阳光。

哀莫大于心死,心如死灰,那生活必将一塌糊涂;心中若是桃花源,有希望在,就有挑战在,就有精彩万分的各种可能。不是这个世界有太多的狂风骤雨,而是风起时,需扬起帆,调整方向,乘风破浪,追逐心中的梦想。为着追求,为着美好的生活,奋勇向前!

生活必将更加精彩,心中所想也便是你对这个世界的看法,心中所愿也便是你对这个社会的看法,心中所思也便是你对每天生活的看法。心中充满阳光,生活便阳光普照;心中开满鲜花,生活便鲜花灿烂!

抖擞精神,朝着阳光进发!

## 九、花开无声——我的下一步创作计划

生活在继续,观察在继续,思考在继续,梦想在继续,下一步我将更认真地对待生活,感恩亲人,感恩友人,感恩对我帮助的所有人,感恩这个世界,感恩这个伟大的时代,感恩赐给我们生命和一切的大自然,从感恩出发,从心灵深处的祈愿出发,坚守并坚持着,努力创作出更多更好的作品!

《花开无声》便成了我心中的又一个梦。

2013 年 6 月 6 日

# 跋：关于龙江的散文集

鱼禾

　　写作圈有许多想当然的人。常有人突然来个电话，虽然并不熟悉，但是话说得理所当然：我可喜欢看你的书了，把你的书签上名字给我寄一本呗！有一次，在一家书店，我主讲的一个讲座（是出版社的意思，意在推销我的一本书）开始之前，一位西装男走到我面前，说，好久不见，把你的书送我一本啊。我问，你会看吗？他说，送我我就看。我又问，不送呢？他说，不送怎么看？我于是说，那你不必看了，我不准备送你。也有人把自己的大厚书一本接一本送给我，送了没几天，电话问，你看了吗，看完没有啊？好像我的时间是专门用来阅读他老人家的大作的。写东西的人，有一些俨然修成了大仙，对于人际关系怀有某种可笑的错觉，人与人之间最起码的礼貌与体谅，在他那里是不存在的。

　　杨龙江不一样。这位如今还在县里做企业的人，跟人打起交道来格外朴实。他把他待出版的书稿送过来，对我说，想出一本散文集，想请你写个序，你抽时间看看这文章行不行，行就写，不行就不写。我说我看看吧。然后他就没声了，慢慢等着。年前年后忙碌，这点事在我手上一拖再拖。等过了几个月又见面，我忽然想起这事，问他书出了没有。他笑得一脸谦和，说，想等你的序。这下轮到我不好意思了。准备等到什么时候？他竟一次也没有催促。他若也像那些牛人一样问我怎么还没写，我也就顺口说一句"啊抱歉，实在没空"就行了。龙江偏是这种"不好意思麻烦你，你看着办"的神情。说实话，对脸皮不厚的人，我多少都抱有敬重，觉得这样的人做事靠谱，不会差。

这部书稿，之前陆陆续续看过一些，直到现在才集中看完。在郑州各郊县，有许多散文写作者。其中大多数都是这样，一直在默默地写，积攒，攒够了想办法结集——在发表渠道不畅的情况下，这或者也是一种把自己的文字公示于人的最简单的办法。我常常想，这样的散文写作意味着什么，又或者，这样的写作对于作者的意义何在。但龙江自己仿佛很清楚。他说，这是某种"杞人忧天"式的努力。这是实在话。对于生命所处的环境，一人一事，一草一木，一动一念，他似乎都怀有细致解意的温存和体谅。几十篇散文，咏物摹景，叙事写人，无不一笔一画，工整扎实，犹如书法中的楷体，端正而和缓。但是显然，龙江同时又是怀揣着疑惑与担忧的。在无所不包的因果之间，他的姿态是默不作声。俗常生活的秉持和朴实直白的文字，都是顺应自然安排的方式，是表达，仿佛更是自语。

我总觉得，在这种不问目的地的行路中，其实有着更多的热情。但龙江却称，自己的写作是"毫无意趣的差事"。这无疑是一种注意力过度所造成的疲乏。为什么会这样呢？我想，如果说这样的散文写作尚有问题，那么问题也许正在这里。写作之事，要郑重对待，但也未必需要时时处处郑重其事、寻思计较。从本源上说，我们心里的好奇，热爱，痴迷，以及从结果上衡量的成败，都是源自游戏。写作之事的源泉和乐趣，也多多少少藏在游戏之中。游戏不是到哪儿是哪儿，游戏是需要全面发动心智与身体的。在这个意义上,去生活,更为充分地生活,更为开阔地观察并阅读,四面八方地补充给养,这样的诗外功夫,也许就是必需的功课。

　　我不想说很多大而无当的誉词。只是,由衷祝愿龙江静下心来磨炼笔力,写出更多更好的作品,也希望看到"花开三部曲"的下一部更扎实优美。

2016 年 4 月 25 日

(鱼禾,女,河南省作协副主席,郑州市文联副主席)

# 后记

写不写后记，着实让人犹豫。

作品本身稚嫩，又求名家题写书名，又请大家捧场写序，还求人作跋，还有几篇书评，弄得花里胡哨，仿佛花拳绣腿功夫了得。

其实，这正是入门级的水准，正像时兴的人物名片，凡是重量级的人物，不用名片也名扬天下，耀眼炫目，如莫言、贾平凹、马云、马化腾、任正非、王健林等；倒是那半瓶醋般的人物，名片上常常冠以国际大家的名头，且一定要从甲乙丙丁排到戊己庚辛。

再啰唆几句作为后记，其实也算对这部散文集付梓的一个交代，表达心里在想些什么，还打算做些什么。另外，知恩感恩是应有之义，拙作的出版得到很多老师同道的鼎力相助，顺便致以谢忱。

第一句话，花开无声的取意。花开虽然自然而然，但花开正如人之青春年华，蓬蓬勃勃，洋溢着活力朝气，是魅力四射的季节，在此时节，要知天高地厚，要明白接下来就是凋谢零落化为泥的落幕。要珍惜短暂而宝贵的时光，多奉献光芒，多付出花香，少去争宠炫耀，多做实实在在的好事善行,而不是要闹出巨大的动静来显示自己的存在。悄无声息默默开放,不忘初心,方得始终;桃李不言,下自成蹊;大音希声,大象无形。还有层意思,做官是一时间的光耀,做事是一桩桩的昭告,做人是一生一世的福报,不论何种征候何类秀场,总有花开花落悄无声息的最终归宿。

第二句话,为什么要写,干这种毫无意趣的差事。其实没有人明问,但背后一定有人这样议论,当然在一些场合,也可以从他人的脸上读出这个意思。我也曾反复问过自己,为什么还要坚持干这种傻事呢?心劲使然,有一种为古人和未来担忧的心劲。我忧心国人在快速富有的情况下,为什么不能强大。我担心物质的丰富,会扼杀我们的精神硬度。我忧思高速的发展究竟是对还是错,环境、饮食、教育有哪一项不是慢性毒药……

第三句话,下一步有什么打算。初步计划"花开三部曲",这是第二部,第三部叫什么,叫《花已谢,香犹在》,有点悲观的味道。叫《花儿,尽情开》,有点抄袭《栀子花开》的嫌疑。还是留点悬念吧,或者就叫《花开了吗?》,倒也像花开三部曲的封笔之作。总之一句话,忧患之心将继续,虽居乡野草庐,但不失逐云追梦之志。

第四句话,很不合时宜,是全书成稿之后生拉硬拽强加上去的,因此,肯定会显得不伦不类,与书的整体显得脱节,或极有可能破坏全书的整体韵味。因为我又强塞进来了一篇文章,斟酌再三,无处安放,正如一颗躁动的心灵,环顾四周无处停留。这是因为2015年9月15日晚上十点多,岳父离开人世,我得知音讯后一气呵成此篇,色调略显悲情,但决不是掀开衣服露出伤口以换取同情,最后放在了第三编《月照莲蓬》的章末,这篇就是《东方升起一片祥云》。正如短文题头的那句话,我只想说:亲人逝去,人生落幕,对生者是苦情的折磨,对经历过生离死别的人来说,又是一场人性的洗礼,人活着,真好,珍惜当下,因为无常和明天经常打得不可开交！

　　第五句话，鞠躬致谢。向王洪应老师、马新朝老师、鱼禾老师深深鞠躬；向给予大力支持和帮助的刘武彦、张守振、张国昌、冯昶富、崔燕方、王洁宇等诸老师好友表示衷心感谢！

　　如果《后记》真如画蛇添足，在此求各位多多体谅宽恕。

　　太阳都是同一轮太阳，但内地的空气同新疆西藏的空气却大不同；河流都是同一条河流，但昨天的流水和今天的流水不仅清浊不一，就是数量也在不断地减少；人类的繁衍，同样延续着子子孙孙无穷尽矣的轮回，但越建越多的医院仍然人满为患，到底是进步还是讽刺？

　　花在无声地开放，也在悄然地凋零，你我的思考能否往思想的彼岸靠近？

　　杞人忧天的发问，是为后记的结语！

2015 年 8 月 20 日于听雨轩

定稿于 2016 年端午节